GOLDMANN

Marion Chesney wuchs in Schottland auf und lebt jetzt in New York. Ihre Romane, die alle im England des 19. Jahrhunderts spielen, zeichnen sich durch Witz und Spannung aus. Als Goldmann-Taschenbücher sind erschienen:

Die Affären des Marquis (9083)
Süße Versuchung (9115)
Süße Verwechslung (9611)

Sechs Töchter von Hochwürden:
Minerva – Duell der Herzen (6792)
Annabelle – Der Widerspenstigen Zähmung (6846)
Carina – Verlangen des Herzens (8373)
Daphne – Spiel der Versuchung (8491)
Diana – Verwirrung des Herzens (8610)
Frederica – Erwachen des Frühlings (8820)

Ein Haus für die Saison:
Tage der Sehnsucht (9218)
Die ungleichen Schwestern (9258)
Saison der Eifersucht (9291)
Herzenspoker (9406)
Spiel der Intrigen (9434)
Ein echter Snob (9489)

Alle Bände sind in sich abgeschlossen.

MARION CHESNEY

Liebe ist kein Spiel

Roman

Aus dem Englischen
von Claudia Rackwitz

GOLDMANN VERLAG

Deutsche Erstveröffentlichung

Titel der Originalausgabe: Those Endearing Young Charms
Originalverlag: Ballantine Books, New York

Der Goldmann Verlag
ist ein Unternehmen der Verlagsgruppe Bertelsmann

Made in Germany · 1. Auflage · 3/90

Umschlagentwurf: Design Team München
Farbige Umschlagzeichnung: Walter Popp / Vega-Luserke, Friolzheim
Satz: IBV Satz- und Datentechnik GmbH, Berlin
Druck: Elsnerdruck, Berlin
Verlagsnummer: 9629
Lektorat: Ria Schulte
Herstellung: Heidrun Nawrot
ISBN 3-442-09629-4

Für Max Brandt
in Liebe

Erstes Kapitel

Der Regen trommelte auf das Dach und gluckerte in den bleiernen Dachrinnen. Auf dem Rasen bildeten sich kleine Seen, und die Auffahrt, die zum Eingang von »The Elms« führte, hatte der Regen in einen Morast verwandelt. Der Regen strömte über die beschlagenen Fenster des Salons und kam in dicken, rußigen Tropfen, die auf das Feuer spritzten, den Kamin herunter.

»Wird es denn nie mehr aufhören zu regnen?« seufzte Mary Anstey und ließ ihr Nähzeug sinken. »Es regnet jetzt schon seit Wochen.«

»Erst seit einer Woche, Mary«, sagte ihre Schwester Emily. »Du machst dir Sorgen, daß der Zustand der Straßen ihn davon abhalten könnte zu kommen?«

»Nein, das ist es nicht«, antwortete Mary langsam. »Ich glaube, es ist das Wetter, das mich so unruhig macht. Es ist zehn Jahre her, seit ich Captain Tracey zuletzt gesehen habe. Zehn Jahre sind eine lange Zeit. Jetzt ist er ein Graf. Es will mir nicht in den Kopf! Mein Peregrine der Earl of Devenham. Manchmal fürchte ich, einem Fremden gegenüberzustehen.«

»Er wird wie früher sein«, meinte Emily beherzt. »Er hat all die Jahre genauso auf dich gewartet wie du auf ihn.«

Mary stieß einen leisen Seufzer aus und beugte sich wieder über ihre Näharbeit. Sie und Emily sahen einander trotz ihres Altersunterschieds – Mary war neunundzwanzig und Emily neunzehn – bemerkenswert ähnlich. Obwohl Emily eine lebhafte blonde Schönheit war, Mary dagegen ernst, still und braunhaarig, konnte man sie leicht für Zwillinge halten. Die Jahre scheinen spurlos an Mary vorübergegangen zu sein, dachte Emily voll liebevoller Zuneigung. Ihr Gesicht ist immer noch jung und zart und frisch. Vor zehn Jahren hatte Captain Peregrine Tracey um die Hand von Mary Anstey angehalten, aber ihre Eltern hatten ihr nicht erlaubt, einen mittellosen Captain zu heiraten.

Mr. und Mrs. Anstey waren nett, heiter und überaus gewöhnlich. Sie stammten aus bescheidenen Verhältnissen. Mr. Anstey hatte sein Geld in der Londoner City als Kaufmann gemacht und sich früh genug auf das Land zurückgezogen, um sein Vermögen noch genießen zu können und »den Geruch nach Arbeit« loszuwerden. Er strebte danach, ein Landedelmann zu werden, aber es gelang ihm weder, sich in das Landleben einzufügen noch ein Edelmann zu werden, da er ein aufdringlicher, unfeiner Ellenbogenmensch war. Seine Frau stand ihm genauso unfein und unempfindlich zur Seite. Glücklicherweise hatten ihre Töchter das dicke Fell der Eltern nicht geerbt, aber sie fanden es oft schwer erträglich, mit ansehen zu müssen, wie hochnäsig ihre Eltern von den Adelsfamilien der Grafschaft behandelt wurden. Sie selbst hatten keine Freundinnen, da es ihnen nicht erlaubt war, mit der Kaufmannsklasse zu verkehren, und sich andererseits sowohl der niedere als auch der höhere Adel von ihnen fernhielt.

Solange Emily zurückdenken konnte, hatte Mary auf die Ankunft des Briefträgers gewartet. Am Anfang hatte Mrs. Anstey alle Briefe von Captain Tracey beschlagnahmt, aber als die Jahre ins Land gingen und Mary unverheiratet blieb, erlaubte sie ihr, sie entgegenzunehmen.

Emily hatte ein paar lesen dürfen. Sie machten auf sie sämtlich einen kalten und formellen Eindruck, und da Captain Tracey auf der Pyrenäenhalbinsel diente, enthielten sie hauptsächlich Beschreibungen der spanischen Landschaft. Sie wunderte sich insgeheim über Marys Zuneigung zu einem Mann, den sie für einen kalten Fisch hielt. Sie fragte sich auch, ob Mary sich darüber im klaren war, wie sehr der Pfarrer, Hochwürden Peter Cummings, in sie verliebt war.

Als Mr. und Mrs. Anstey die Nachricht erhielten, daß der verschmähte Captain einen Grafentitel geerbt hatte, kannte ihre Freude keine Grenzen, und natürlich schrieben sie dem neuen Grafen eigenhändig und versicherten ihm, daß er herzlich willkommen sei. Er antwortete ihnen, nicht Mary, daß er im November kommen und sehr dankbar sein würde, wenn die Hochzeit unmittelbar danach stattfinden könnte.

Für die junge Emily war das eine bittere und deutliche Lehre, wie es in der Welt zugeht. Die ganze Grafschaft hatte die Einladung zur Hochzeit angenommen, weil Mary einen Grafen heiraten sollte. Emily konnte nicht verstehen, wie ihre Eltern es ertragen konnten, alle die Leute einzuladen, die ihnen bisher so erbarmungslos die kalte Schulter gezeigt hatten, aber Mr. und Mrs. Anstey fühlten sich dank des gesellschaftlichen Erfolgs ihrer Tochter derart in Hochstimmung, daß sie sich durch so kleinliche Überlegungen nicht aus der Ruhe bringen ließen.

Der Graf sollte am nächsten Tag eintreffen, die Hochzeit in der Woche darauf stattfinden. Emily fand es schwierig, Marys Darstellung des schüchternen jungen Captains, der ihr vor zehn Jahren den Hof gemacht hatte, mit den kühlen, selbstherrlichen, förmlichen Briefen, die er geschrieben hatte, in Einklang zu bringen. Aber man mußte bedenken, daß schließlich alle ein recht hochtrabendes, gestelztes Englisch schrieben.

Mrs. Anstey kam in geschäftiger Eile herein. Sie war eine kleine, dicke Frau, deren unzufriedenes Gesicht noch schwache Spuren ihrer einstigen Schönheit aufwies. Sie trug eine gestärkte Musselinhaube, deren sämtliche Ecken so abstanden, daß es aussah, als hätte die Wäscherin der Haube einen Schrecken eingejagt, von dem sie sich nicht mehr erholt hatte. Bevor die Nachricht vom Aufstieg des Captains in den Hochadel eingetroffen war, hatte Mrs. Anstey die Neigung gehabt, ihre sanfte älteste Tochter mit laut vorgebrachten Bemerkungen der Art zu drangsalieren, daß es eine Schande sei, ein altes Mädchen in der Familie zu haben, und daß Gott verhüten möge, daß es Emily auch einmal so erginge.

Nun hatte sie sich zu einer liebevollen und in ihre Tochter

geradezu vernarrten Mutter gewandelt. Sie ging auf Zehenspitzen um Mary herum, wie man es bei einer Kranken macht, und sprach sie demütig flüsternd, statt wie sonst mit vulgär schriller Stimme, an.

An solchen Tagen sehnte sich Emily danach herauszufinden, daß sie und Mary adoptiert worden waren, da sie ganz bestimmt nicht von solchen Eltern stammen konnten. Aber sie brauchte nur einen Blick auf das Porträt ihrer Mutter über dem Kamin zu werfen, um sich davon zu überzeugen, daß Mrs. Anstey, die als junge Braut abgebildet war, ebenso schön wie ihre beiden Töchter gewesen war, bevor Übergewicht und Unzufriedenheit ihre Gesichtszüge entstellt hatten.

»Wenigstens gibt es nichts, dessen wir uns schämen müßten«, sagte Mrs. Anstey und ließ sich schwer auf das Sofa fallen. »Der Graf wird feststellen, daß bei uns alles vom Feinsten ist.« Sie ließ ihren Blick selbstzufrieden über den Salon schweifen, während sie sprach. Emily folgte ihrem Blick und seufzte. In ihrem Haus wurde ständig alles verändert. Es gab keine bequemen alten Möbel, nicht ein einziges Möbelstück stammte aus den Tagen ihrer Kindheit. Erst im letzten Frühjahr waren alle Möbel auf den Rasen hinausgeschleppt und verbrannt worden, einschließlich eines hübschen Hepplewhite-Schreibpults, das Mary so geliebt hatte.

Im Moment war alles in ägyptischem Stil gehalten, eine Mode, die einige Zeit die Londoner Salons beherrscht hatte und jetzt schnell an Beliebtheit verlor. Emily überlegte, daß es kaum ein Möbelstück gab, auf dem nicht ein Sphinxkopf thronte. Sphinxköpfe schmückten die Tische und Stühle, und gläserne Sphinxköpfe glitzerten auf den Stützpfeilern des Kaminsimses.

»The Elms« war ein großes, quaderförmiges Haus, das sorgfältig von Efeu oder anderen Rankengewächsen freigehalten wurde, die das kräftige Rot seiner Ziegelmauern etwas gemildert hätten. Es lag ein Stück weg von der Straße, die vom Dorf Malden Grand in Richtung London führte. Vorher hatte das Haus Squire Haband gehört, einem Mann, an den man sich voller Zuneigung erinnerte. Die Ansteys waren dem Squire nie begegnet, da er ein paar Monate, bevor Mr. Anstey das Haus kaufte, gestorben war. Emily stellte ihn sich manchmal als vergnügten John Bull mit rosiger Gesichtsfarbe vor, da sie ja nicht wissen konnte, daß Squire Haband zu seinen Lebzeiten ein höchst unangenehmer und unbeliebter Mann gewesen war. Seine Standesgenossen gedachten seiner nur deshalb liebevoll, weil sie den neureichen Ansteys auf diese Weise zeigen konnten, daß diese nicht zu ihnen gehörten.

Mary sollte in der Dorfkirche heiraten. Die Ansteys waren Freikirchler gewesen, aber nach ihrem Umzug aufs Land wieder in die Staatskirche eingetreten, da Mrs. Anstey darauf bestanden hatte, daß die anglikanische Kirche vornehmer sei.

Es hatte ein paar junge Männer der Gesellschaft gegeben, die sich von der Schönheit der Anstey-Mädchen angezogen fühlten, ganz zu schweigen von ihrer Mitgift, aber deren Eltern hatten alles in ihrer Macht Stehende getan, um jede Romanze schon im Keim zu ersticken. Denn je mehr Mr. und Mrs. Anstey sich nach sozialer Anerkennung sehnten, desto entschlossener wurde der Adel der Grafschaft, sie ihnen zu verweigern.

Natürlich nur bis zur Ankündigung der bevorstehenden Hochzeit Marys mit dem Grafen von Devenham.

Mr. Anstey kam ebenfalls in den Salon und setzte sich zu seiner Frau auf das Sofa. Er war so dünn und mager wie seine Frau dick. Seine Kleidung hielt er für den letzten Schrei. Aber der Kragen war zu hoch, die Weste zu kurz, und unter seinem sorgfältig gekämmten, pomadisierten und mit der Brennschere gekräuselten Haar war deutlich seine rosa Glatze zu erkennen.

»Das hätten wir«, sagte er und rieb sich die Hände. »Ich hab' noch einmal zwei Lakaien eingestellt. Seine Lordschaft soll nicht feststellen müssen, daß es uns an irgend etwas zu einem bequemen und eleganten Lebensstil fehlt.«

Emily blickte ihren Vater neugierig an. »Wird es dir nicht ein bißchen peinlich sein, Papa, einem Herrn gegenüberzustehen, den du als unpassend empfunden hast, als er Mary damals einen Heiratsantrag machte?«

»Nein«, antwortete ihr Vater in aller Unschuld. »Warum sollte es mir peinlich sein? Er war schließlich damals unpassend. Jetzt ist er es nicht mehr.«

»Kann man nicht die Leute um ihrer selbst willen statt um ihrer Stellung willen mögen, Papa?« fuhr Emily hartnäckig fort.

Mr. Anstey zog die Stirn in Falten und dachte über die Frage nach. »Nein«, sagte er schließlich. »Das tut niemand. Es ist nun einmal nicht üblich.«

»Mr. Cummings denkt nicht so«, sagte Mary leise.

»Oh, das liegt an seinem Beruf«, meinte Mrs. Anstey unsicher.

Emily hatte das Gefühl, daß sie aus dem Raum fliehen müsse. Nichts war ihr mehr vertraut, das Mobiliar war so aufreizend neu. Sogar das Porträt ihrer Mutter war erst vor kurzem restauriert worden, und der riesige Spiegel an der Wand gegenüber dem Fenster verdoppelte all die funkelnagelneuen Einrichtungsgegenstände noch.

Eine Entschuldigung murmelnd, begab sie sich in die Bibliothek an der Rückseite der Halle. Aber selbst dieser Raum sah so aus, als wären die Handwerker eben erst fertig geworden und hinausgegangen. Die Buchreihen, die man beim Buchhändler meterweise gekauft hatte, glänzten in ihren goldbedruckten Kalbsledereinbänden hinter den glitzernden Glastüren der neuen Bücherschränke. Auf einer polierten Tischplatte lagen fein säuberlich gestapelt neue Zeitschriften mit hochglänzenden Titelblättern.

Emily setzte sich auf einen der neuen roßhaargepolsterten Stühle, stützte das Kinn auf die Hand und dachte scharf nach.

Zunächst war ihr die Rückkehr von Marys Verehrer sehr aufregend vorgekommen. Wie eine Romanze, die Wirklichkeit wird. Hatte sie nicht unter gefühlvollen Seufzern die Geschichte gelesen, wie der große Herzog von Wellington schließlich die Liebe seines Lebens, Kitty Packenham, so viele Jahre, nachdem sein erster Antrag abgewiesen worden war, geheiratet hatte?

Vielleicht war es das unaufhörliche Trommeln des Regens, das plötzlich dieses Gefühl einer bösen Vorahnung bewirkte. Emily liebte und bewunderte ihre ältere Schwester, aber sie hatte häufig das Gefühl, daß Mary einem hilflosen Kind in einer rauhen Welt glich. Übersensibel wie sie war, litt Mary oft schwer an den Kränkungen und Zurückweisungen, die ihre Eltern hinnehmen mußten. Emily war eher in der Lage, sie abzuschütteln, sie verachtete das Gehabe der sogenannten feinen Gesellschaft.

In einem Punkt war Mary allerdings unnachgiebig geblieben: Sie hatte sich wiederholt und entschieden gegen eine Saison in London gewehrt. Im nächsten April sollte nun Emily in die Gesellschaft eingeführt werden, und sie hatte sich nicht geweigert. Sie sehnte sich danach, von zu Hause wegzukommen, und die einzige Möglichkeit, die es dazu für sie gab, war die Ehe. Emily hatte davon geträumt, einen passenden Ehemann zu finden und ihren eigenen Hausstand zu gründen. Dann wollte sie ihren Mann bitten, Mary kommen zu lassen, damit sie bei ihnen lebte. Jetzt war das natürlich nicht mehr nötig.

Mary hatte auf ihre sanfte Art versprochen, Emily in die Gesellschaft einzuführen. Aber bevor dieser gesegnete Tag da war, würde Mary »The Elms« verlassen, und Emily mußte ohne sie all diese langen, langweiligen und einsamen Tage überstehen, an denen sie mit ihrer Mutter in der Grafschaft herumfuhr.

Mrs. Anstey machte ständig bei allen möglichen Personen von Stand Besuche, obwohl diese so gut wie immer »nicht zu Hause« waren. Emily versuchte, die mitleidigen und amüsierten Blicke, die die Lakaien austauschten, wenn die unvermeidliche Abfuhr erteilt wurde, zu übersehen. Die Tatsache, daß man sie nach Marys Hochzeit wahrscheinlich überall empfangen würde, freute sie nicht im geringsten. Es gab niemanden in der Gesellschaft, mit dem sie gerne befreundet gewesen wäre. Denn obgleich sie das neureiche Gehabe ihrer Eltern verabscheute, liebte Emily sie innig und stellte sich vor, daß sie litten, auch wenn es ihnen in Wirklichkeit nicht sehr viel ausmachte.

Sie unterwarfen sich sklavisch den Gesetzen, die ihnen die Nachbarn vorschrieben, und waren zuversichtlich, daß sie eines Tages akzeptiert werden würden.

Außerdem war da noch der Pfarrer, Mr. Peter Cummings. Er war offensichtlich über beide Ohren in Mary verliebt, was dieser völlig entgangen zu sein schien.

Plötzlich bemerkte Emily, daß es im Zimmer seltsam hell wurde. Sie drehte sich um und schaute zum Fenster hinaus.

Es hatte aufgehört zu regnen.

Sie trat zum Fenster und schob es nach oben. Köstlich frische Regenluft flutete ins Zimmer, begleitet vom Duft von Immergrün und feuchten Blättern. Die Sonne schien blaß und wäßrig durch die kahlen Äste der großen Eiche an der Hecke. Die Pfützen auf dem Rasen verwandelten sich in golden glänzende Seen.

Emily reckte und streckte sich und holte tief Luft. Dabei wartete sie darauf, daß die Angst aus ihrer Magengrube wich.

Aber ihre bedrückte Stimmung wollte sich nicht aufhellen wie das Wetter draußen. Die kühlen, abweisenden Briefe des Grafen von Devenham fielen ihr wieder ein.

Auf einmal nahm die Angst feste Form an. Sie fürchtete etwas Bestimmtes.

Emily Anstey fürchtete, daß der Graf, der aus dem Krieg heimkehrte, keine Ähnlichkeit mit dem schüchternen jungen Mann aufwies, der einst Marys Herz erobert hatte.

Der Novembertag, der so tat, als sei er ein goldener Frühlingstag, hatte Mary Anstey verführt, das Haus zu verlassen. Mit einer Regenhaube über dem Hut – falls es noch einmal zu regnen anfangen sollte – und Stelzschuhen an den Füßen, damit sie nicht im Schlamm versank, ging sie schnell auf das

Dorf zu. Über den Bäumen ragte die Kirchturmspitze von Sankt Martin empor. Mary Anstey suchte einen Zufluchtsort für ihre verwirrten Gedanken und hoffte, daß der Friede und die Einsamkeit der Kirche die Ängste und Befürchtungen zerstreuen würden, die sie plagten, nachdem die anfängliche Begeisterung über ihre bevorstehende Verehelichung geschwunden war.

Sie ging auf einem schmalen, ausgetretenen Weg um die Kirche herum und schlüpfte durch den Seiteneingang hinein.

Die Kirche war still und leer und roch schwach nach Weihrauch, Holzkohle, altem Papier und feuchten Kniekissen. Eine doppelte Säulenreihe ragte auf und verschwand in der Dunkelheit des Dachstuhls, ein paar Kerzen flackerten in dem kühlen, trüben Licht.

Statt das Familiengestühl zu betreten, setzte sich Mary auf einen kleinen Stuhl mit einem Sitz aus Binsengeflecht im hinteren Teil der Kirche. Sie versuchte, ihren Geist von den Sorgen freizumachen; aber all ihre kleinen Ängste ließen nicht ab, sie zu quälen.

Ich bin alt, dachte sie. Zehn Jahre älter als damals, als er mich zum letztenmal sah. Ich bin praktisch ein altes Mädchen, während er in den besten Jahren steht. Ich weiß, daß sein Stolz tief verletzt wurde, als Papa seinen Antrag ablehnte. Ach du meine Güte! Ich erinnere mich sehr wohl, daß Peregrine voller Stolz war – fein und anrührend bei einem jungen Mann. Aber was ist, wenn sich der Stolz zu Arroganz verhärtet hat? Ich bin so aufgeregt, ich kann mich kaum mehr an sein Gesicht erinnern. Aber ich muß mich glücklich preisen, schalt sie sich. Es ist eine Sünde, so undankbar zu sein. Ich heirate den einzigen Mann, den ich je geliebt habe. Die liebe Emily wird zu uns kommen können und bei uns leben...

Doch gleich fiel wieder ein Schatten auf ihre Freude. Es war für sie ganz selbstverständlich gewesen, daß Emily immer mit ihr zusammensein würde. Aber was wäre, wenn ihr Mann andere Vorstellungen hätte?

Sie fuhr zusammen und sah den Pfarrer, Mr. Cummings, der sie besorgt betrachtete.

»Ich war so in Gedanken versunken«, sagte Mary, sprang auf und machte einen Knicks vor ihm, »daß ich Sie gar nicht kommen hörte, Mr. Cummings.«

»Sie sehen bekümmert aus«, sagte er. »Ich kann mir vorstellen, daß Sie es im Augenblick nicht leicht haben.«

»Aber ich bin sehr glücklich!« rief Mary aus. »Ich werde endlich doch noch den Mann meiner Wahl heiraten.«

Mr. Cummings' Augen waren auf gleicher Höhe mit ihren. Mary dachte, daß sie nie zuvor bemerkt hatte, wie blau sie waren und wie gütig. Er hatte ein eckiges, jungenhaftes Gesicht, obwohl er Ende Dreißig war, und eine widerborstige, strohblonde Mähne, die die Gewohnheit hatte, senkrecht nach oben zu stehen, so sehr er auch versuchte, sie mit viel Wasser glattzustreichen.

»Ich kann mir denken«, sagte Mr. Cummings, wobei er den Blick von Marys Gesicht abwandte und die Ornamente auf dem holzverkleideten Opferstock anstarrte, »daß man sich trotzdem einige Sorgen macht, wenn man seinen Verlobten nach zehn Jahren wiedersehen soll. Aber wenn er erst da ist, wird alles in schönster Ordnung sein.«

»Meinen Sie das wirklich?« fragte Mary in einer plötzlichen Anwandlung von Dankbarkeit. »Ich habe mir tatsächlich Sorgen gemacht; wie einfühlsam Sie sind, daß Sie es erraten haben. Aber Sie haben ganz recht. Es ist das Warten und... und... die Unsicherheit, die mich so ängstlich machen.«

»Es ist wunderbar, einen Grafen zu heiraten«, sagte Mr. Cummings, und es klang beinahe so, als ob er versuchte, sich selbst davon zu überzeugen. »Man sollte nicht an solch weltliche Dinge wie Rang und Titel denken, aber Sie werden wenigstens nicht zu einer ungewollten Verbindung gezwungen. Das, glaube ich, könnte ich nicht ertragen.« Den letzten Satz sagte er so leise, daß ihn Mary nicht verstehen konnte.

»Ihren Eltern geht es gut, hoffe ich?« fügte Mr. Cummings schnell hinzu. »Und Miss Emily?«

»O ja. Wir sind alle zu den Harrisons zum Abendessen eingeladen. Mama ist in Hochstimmung.«

»Und Sie?«

»Ich finde es ganz reizend von Sir James und Lady Harrison«, sagte Mary förmlich.

»Und doch«, sagte Mr. Cummings, »habe ich mit eigenen Augen gesehen, wir Sir James und seine Gattin Ihren Eltern vor eben dieser Kirche eine ganz fürchterliche Abfuhr erteilt haben.«

Mary seufzte. »Das war, bevor man wußte, daß ich einen Grafen heiraten werde. Ich, für meinen Teil, lege keinen Wert darauf hinzugehen, aber Sie wissen ja, wieviel es Mama bedeutet.«

Mr. Cummings schaute auf das zarte Oval von Marys Gesicht, auf die braunen Locken, die unter ihrer Haube hervorlugten, auf die feinen Schatten unter ihren großen braunen Augen. Eine starke Erregung schien ihn erfaßt zu haben. Er streckte ihr halb seine Hand entgegen, und Mary sah mit einigem Erstaunen, daß die Hand leicht zitterte.

»Miss Anstey«, begann er. Dann schwieg er. Der Wind draußen nahm zu und heulte um die Kirche. Er bewegte eine Glocke in der Kirchturmspitze und weckte einen hohen, silberhellen Klang. Die Kerzen auf dem Altar flackerten, die Flammen senkten sich und flackerten wieder auf.

»Ja, Mr. Cummings?« Mary musterte sein Gesicht beunruhigt und fragte sich, ob er krank sei.

»Ich möchte Ihnen einfach alles Glück der Welt wünschen«, sagte er mit erstickter Stimme. »Ich habe einige Besuche in der Gemeinde zu machen. Erlauben Sie mir, daß ich Sie nach Hause begleite.«

Es war ein sehr schweigsamer Gang, da Mr. Cummings in seine Gedanken vertieft war und Mary schon wieder überlegte, wie es ihr ergehen würde, wenn sie morgen ihrem zukünftigen Ehemann gegenüberstand.

Mary verabschiedete sich von Mr. Cummings und eilte die kurze Auffahrt zum Haus hinauf. Dabei merkte sie nicht, daß der Pfarrer, den Hut in der Hand, traurig an der Straße stehengeblieben war und ihr nachsah, bis sie verschwunden war.

Miss Emily Anstey stocherte an der Abendtafel der Harrisons lustlos in ihrem Essen herum und überlegte, daß Sir James und seine Gattin ihren Eltern erstaunlich ähnelten. Sie waren laut, grobschlächtig und unfein. Aber Mr. und Mrs. Anstey strahlten wenigstens eine gewisse freundliche Warmherzigkeit aus, die den Harrisons nur allzusehr fehlte. Schon bei der Schildkrötensuppe hatte Sir James klargestellt, daß er den Ansteys einen ungeheuren Gefallen damit tat, daß er ihnen erlaubte, den Fuß über die Schwelle seines Hauses zu setzen. Seine Frau stellte unzählige Fragen, die den Grafen betrafen, und sagte, daß sie bereits jetzt regelrecht von ihm schwärme. Ihr Sohn, Billy Harrison, ein gedrungener, recht ungeschliffener junger Mann, sagte glücklicherweise nichts, obwohl seine Eltern mit zahlreichen plumpen Andeutungen darauf hinwiesen, daß er ganz entzückt von Miss Emily sei.

Emily bekam Kopfschmerzen, die sich rasch verschlimmerten, bis sie schließlich das Gefühl hatte, daß das Pochen in ihren Schläfen jedes andere Geräusch im Raum erstickte.

Da hörte sie Marys Stimme. »Du bist ja ganz weiß, Emily. Ich fürchte, es geht dir nicht gut.«

»Ich habe Kopfschmerzen«, sagte Emily unglücklich. »Wenn ich nach Hause fahren und mich hinlegen könnte, würde ich mich wahrscheinlich schnell erholen. Es tut mir leid, Sir James, Mylady, aber ich fürchte, ich muß mich verabschieden.«

Mary erklärte sich bereit, ihre Schwester zu begleiten, aber dieser Bemühung trat man von allen Seiten entgegen. Die zukünftige Gräfin mußte bis zum bitteren Ende aushalten.

Schließlich beschloß man, daß Emily allein nach Hause fahren und dann die Kutsche mit den Dienern wieder zurückschicken sollte. Mrs. Anstey fühlte leichte Gewissensbisse und erbot sich, mit ihrer Tochter zu fahren, doch Emily bestand recht energisch darauf, daß sie ganz gut allein zurechtkommen würde.

Sobald sie es sich in der dunklen Kutsche bequem gemacht hatte, verschwanden ihre Kopfschmerzen wie von Zauberhand. Emily dachte daran, daß sie Mary den Harrisons auf Gnade und Ungnade ausgeliefert hatte, und überlegte, ob sie umkehren sollte. Aber das würde einen sehr merkwürdigen Eindruck machen, und Sir James und Lady Harrison, deren Eitelkeit nur von ihrer abgöttischen Liebe zu ihrem ungehobelten Sohn übertroffen wurde, würden daraus den Schluß ziehen, daß sie nur deshalb zurückgekehrt sei, um an der Seite des abstoßenden Billy Harrison sitzen zu können.

»The Elms« erschien Emily wie ein modernes Möbelhaus, als sie in der Halle stand und die Bänder ihres Huts aufknüpfte, nachdem sie die Kutsche zurückgeschickt hatte.

Alles war so still und so glänzend poliert und so glitzernd neu und ohne Leben. Ich wäre nicht überrascht, dachte sie, wenn ein unterwürfiger junger Mann im Schwalbenschwanz aus dem Dunkel hervortreten und sich bemühen würde, mir den Tisch zu verkaufen. Das einzige, was in dem Haus fehlte, waren kleine weiße Preisschilder an den Gegenständen.

Sie hob die Hand, um ihren Hut abzunehmen, hielt aber stirnrunzelnd inne.

Vor der Haustür hörte sie geschäftige Bewegung. Vielleicht kamen irgendwelche Nachbarn zu Besuch, obwohl es schon spät war. Die Diener hatten den Abend freibekommen, abgesehen von denen, die zurückgefahren waren, um auf die übrigen Mitglieder der Familie Anstey zu warten.

Emily fragte sich, ob sie die Tür aufmachen oder so tun sollte, als sei niemand zu Hause.

Sie zögerte und überlegte, da ertönte schon der Türklopfer. Das gebieterische Klopfen schien ihr die Entscheidung abzunehmen.

Sie öffnete die Tür.

Ein hochgewachsener Mann mit einem strengen, sonnengebräunten Gesicht stand auf der Schwelle. Er war nach der neuesten Mode gekleidet, angefangen von dem breitkrempigen Biberhut bis zu seinem Reisemantel mit den vielen Capes, der, leicht geöffnet, den Blick auf einen Abendanzug mit schneeweißem Leinenhemd und einer ebenso weißen Halsbinde freigab.

»Mary«, sagte er mit heiserer Stimme.

Bevor Emily widersprechen konnte, hatte sie der große Mann schon in die Arme genommen, ihr unters Kinn gefaßt und ihren Mund mit einem heftigen, wilden Kuß bedeckt, der zehn lange Jahre unbefriedigter Leidenschaft ausdrückte.

Es ist der Graf, dachte Emily. Er sollte doch erst morgen kommen! Sie wollte seinen Irrtum richtigstellen, kam aber gegen die Kraft seiner Lippen nicht an, die sich auf die ihren preßten. Ihr Widerstand schien den Grafen nur noch mehr zu entflammen. Ich kann erst etwas sagen, wenn er fertig ist, dachte Emily und fand sich mit seiner Umarmung ab.

Das war ein Fehler. Sie merkte, wie ihr Blut in Wallung geriet; eine fiebrige Hitze riß sie mit, und dann vergaß sie alles und alle und erwiderte seine Küsse mit solcher Leidenschaft, daß der Graf aufstöhnte und sie auf den Armen über die Schwelle in die Halle trug. Dabei fiel ihr Hut auf den gefliesten Boden. Der matte Glanz des neuesten Lampenmodells fiel auf ihr goldenes Haar.

»Zum Teufel!« rief Graf Devenham und ließ die Arme sinken. Emily fiel unsanft zu Boden.

Sie setzte sich auf, rieb sich den Rücken und schaute mit kläglichem Gesichtsausdruck in die kalten grauen Augen des Grafen hinauf.

»Willkommen daheim, Mylord«, sagte Emily Anstey, und ein unschicklicher Lachanfall überkam sie. »W-willkommen d-daheim.«

Zweites Kapitel

Graf Devenham stand im Salon vor dem Kamin. Er hatte sich seines Mantels, des Hutes und der Handschuhe entledigt.

Er zog sein Monokel aus der Westentasche und hielt es umständlich gegen das Licht, um sich davon zu überzeugen, daß kein Fleck darauf war. Dann hob er es ans Auge und musterte die zarte Gestalt von Emily Anstey.

Emily hielt seinem Blick gelassen stand, bis er das Glas wieder fallen ließ. Er hatte kein Wort gesagt, seit er ihr in der Halle wieder auf die Füße geholfen hatte.

»Ich muß mich bei Ihnen entschuldigen«, sagte er jetzt in eisigem Ton. »Da der Hut Ihr Haar verbarg, habe ich Sie für Mary gehalten. Sie sind Emily, nehme ich an. Ich erinnere mich gut an Sie. Sie waren immer im Wege.« Sein Blick gab ihr zu verstehen, daß sie sich nicht geändert hatte.

»Sie haben mir keine Zeit zu Erklärungen gegeben«, erwiderte Emily ärgerlich. Sie erinnerte sich an den Kuß und bemühte sich, die Röte, die sie aufsteigen fühlte, zu unterdrükken.

»Sie nehmen meine Entschuldigung also nicht an.«

»Ihre Entschuldigung ist angenommen.« Emily machte einen Knicks vor ihm. »Die Diener haben heute abend frei. Mary und Mutter und Vater sind bei einem Nachbarn zu Besuch. Ich bin früher zurückgekommen, weil ich Kopfschmerzen hatte. Jetzt habe ich keine mehr. Möchten Sie etwas trinken?«

In seinen Augen leuchtete es kurz belustigt auf, als er sich ihre abgehackten Sätze anhörte und die abweisende kleine Lady, die da vor ihm stand, betrachtete. »Ich hätte gern ein Glas Wein«, sagte er in etwas milderem Ton.

»Selbstverständlich.« Emily blieb zögernd in der Türöffnung stehen. »Wir haben Sie erst morgen erwartet, Mylord.«

»Ich brannte darauf, meine zukünftige Braut zu sehen«, sagte er kurz angebunden. Dann lächelte er. »Ich fürchte, Sie haben das ganze Feuer meiner Begrüßung abbekommen. Ich hatte vor, es für Mary aufzubewahren.«

Emily öffnete den Mund, um zu antworten, stellte aber dann fest, daß ihr nichts einfiel, was sie hätte sagen können.

Sie wandte sich um und verließ das Zimmer. Als sie die Tür aufstieß, die in die Gesindestube führte, fand sie die gesamte Dienerschaft um den Tisch versammelt vor.

Parsons, der Butler, stand auf, als sie eintrat, und die übrigen Diener folgten seinem Beispiel.

»Es tut mir so leid, Parsons«, sagte Emily. »Lord Devenham ist bereits heute angekommen und wünscht Wein und... und... vielleicht hat er noch nicht gegessen. Ich wollte Sie nicht bitten. Mama sagte, es sei Ihr freier Abend, deshalb...«

»Ich werde mich sofort um alles kümmern, Miss Emily«, sagte Parsons. »Das Zimmer für Seine Lordschaft ist gerichtet.«

»Aber Sie haben doch heute abend frei...«

»In Malden Grand kann man nirgends hingehen«, sagte Parsons. »Bitte gehen Sie wieder nach oben, Miss Emily. Ich komme in ein paar Minuten nach, um Lord Devenhams Wünsche zu erfüllen.«

Man kann hier wirklich nichts unternehmen, dachte Emily, als sie wieder nach oben eilte. Ich habe noch nie darüber nachgedacht. Ich hatte mir vorgestellt, daß sie andere Diener besuchen, aber andere Diener scheinen nie einen Abend freizubekommen. Emily stellte überrascht fest, daß ihre Mutter trotz ihrer Fehler eine gütige Herrin war, und dieser Gedanke erwärmte ihr das Herz. Der vornehme und einschüchternde Graf mit seiner reichen Kleidung und seiner überlegenen Eleganz hatte sie die Rückkehr ihrer Eltern voll Bangen erwarten lassen. Deshalb war es tröstlich, an etwas zu denken, das für sie sprach. Der Graf hielt sie bestimmt für grausam, weil sie damals seinen Antrag abgelehnt hatten. Auf der anderen Seite gab es sogar in einem kleinen Ort wie Malden Grand genug Klatsch über Miss X oder Mr. Y, deren Liebesleben auf die gleiche Weise zerstört worden war. Meg, die Bäckerstochter, war in den Knecht Jim Smithers verliebt, aber der Bäcker hielt Jim für weit unter seinem Stand; deshalb durfte sich die Romanze nicht entwickeln. Weil Mr. Anstey hart und lange gearbeitet hatte, um sich sein Vermögen zu erarbeiten, war es gewissermaßen verständlich, daß er das Beste für seine Tochter wollte, wenn es ums Heiraten ging. Mr. Anstey sagte gerne, daß Liebe und Armut nicht miteinander auskommen könnten.

Emily blieb zögernd in der Halle stehen. Sie erinnerte sich undeutlich an den Grafen, als er noch der junge Captain Tracey gewesen war. Nun – den jungen, hitzköpfigen Captain gab es nicht mehr, aus ihm war diese beeindruckende Mischung aus Eleganz und Schneiderkunst geworden. Was um alles in der Welt würde die schüchterne Mary davon halten?

Emily holte tief Luft und betrat den Salon. Von neuem war sie von den strengen und doch schönen und feinen Gesichtszügen des Mannes ihr gegenüber betroffen. Seine grauen Augen waren kalt wie die Nordsee, und der Ansatz seines pechschwarzen Haares lief in der Mitte der Stirn spitz zu. Seine Adlernase beherrschte das Gesicht, seine dünnen schwarzen Augenbrauen waren hochmütig nach oben gezogen. Sein Gesicht war von der Sonne gebräunt, sein Mund hart und streng. Sein Mund... Man konnte sich nicht vorstellen, wenn man diesen harten und unnachgiebigen Mund anschaute, daß er erst vor ganz kurzer Zeit...

Emily errötete. »Die Diener sind da... Ich m-meine, sie sind nicht ausgegangen, und Parsons, das ist unser Butler, wird Ihnen gleich den Wein bringen.«

In diesem Moment trat Parsons mit einem Tablett ein, auf dem sich eine Karaffe Wein und eine Karaffe Brandy befanden. Er stellte es auf einem Tisch am Kamin ab.

Dann hieß er den Grafen äußerst würdevoll in »The Elms«

willkommen, und der Graf stieß kalt und geschäftsmäßig seine Anweisungen hervor, die die Unterbringung seiner Diener, die Sorge um sein Gepäck und die Pflege seiner Pferde betrafen.

Parsons blühte unter diesen barschen Anweisungen förmlich auf. Das war genau das Verhalten, das er von einem Angehörigen der höchsten Gesellschaftskreise erwartete, und da er seine Herrschaften gern hatte, wartete der Butler voller Schadenfreude darauf, daß dieser hohe Herr den Landadel der Grafschaft genauso verächtlich behandelte, wie dieser Mr. und Mrs. Anstey behandelt hatte.

Während Parsons unter Verbeugungen hinausging – rückwärts, als ob er sich vor einem Mitglied des Königshauses zurückzöge –, bat ihn Emily: »Ach, schicken Sie doch jemanden zu Sir James hinüber, Parsons, und lassen Sie meinen Eltern ausrichten, daß Mylord angekommen ist.«

Als Parsons gegangen war, nahm Emily vorsichtig auf einer Stuhlkante Platz und betrachtete ihren zukünftigen Schwager schüchtern.

Die Situation war ihr so peinlich, daß sie mit dem ersten Gedanken, der ihr in den Sinn kam, herausplatzte: »Sie sind nicht so, wie ich Sie in Erinnerung habe.«

Er goß sich im Stehen ein Glas Wein ein und sagte über die Schulter zurück: »Trinken Sie ein Glas Wein mit mir?« Dann füllte er ein zweites Glas, ohne ihre Antwort abzuwarten.

»Sie sind auch nicht so, wie ich Sie in Erinnerung habe, Miss Emily«, sagte er, drehte sich um und reichte ihr ein randvolles Glas. »Sie sehen Ihrer Schwester bemerkenswert ähnlich. Deshalb habe ich mich getäuscht. Ich wußte nicht, daß Sie es waren, bis ich die Farbe Ihres Haars sah. Es war schon immer blond.«

»Mary sieht noch genauso aus wie früher«, sagte Emily. Sie nahm einen großen Schluck Wein, verschluckte sich ein bißchen und rieb sich die Nase, in der Hoffnung, nicht niesen zu müssen. »Die Leute halten uns oft für Zwillinge.«

»Ich freue mich, daß die Zeit für Miss Anstey stehengeblieben ist«, sagte der Graf kalt. Ein Schatten huschte über sein Gesicht. »Für mich kann ich nicht dasselbe behaupten.«

»Nein«, sagte Emily unschuldig, »jetzt sehen Sie wie ein Graf aus.«

»Wirklich? Die wenigen Grafen, die ich kenne, sind behäbig und ältlich. Ich wußte gar nicht, daß Grafen ein bestimmtes Aussehen haben.«

»Nun, wissen Sie, My-Mylord...«

»Du kannst mich Peregrine nennen.«

»Vielen Dank. Ich meine, du siehst so abweisend und hochmütig aus«, sagte Emily ernsthaft. »Genau wie eine Figur in dem Buch, das ich gerade gelesen habe.«

»Wie heißt es?«

»›Lord Sapphires Reisen.‹«

»Und ich sehe aus wie dieser Lord Sapphire?«

»Nein, My... Peregrine. Sondern wie der faszinierende Schurke, der Graf von Perrengo, und dieser ist ungeheuer schroff und grausam. Die Heldin, Lady Bianca, weist seine Annäherungsversuche zurück, aber er ist sehr wollüstig, weißt du«, fuhr Emily fort, die so gefesselt von ihrer Geschichte war, daß sie beinahe vergaß, daß Graf Devenham mit ihr im Zimmer war. »Lord Sapphire ist still und edel. Natürlich ist er am Anfang des Buchs noch kein Lord, denn seine böse Amme hat das Kind ihrer Tochter in seine Wiege gelegt und ihn selbst einfachen Holzfällern zur Erziehung übergeben. Er rettet Bianca genau in dem Moment, als der Graf sie zu seiner Burg in den Bergen bringen will.«

»Wirft er sie über den Pferderücken?«

»Ja!« rief Emily entzückt und überrascht aus. »Woher weißt du das?«

»Oh, ich mache das auch immer so.«

»Es war eine ungeheuer spannende Geschichte«, sagte Emily und faltete die Hände im Schoß. »Lord Sapphire war so gut und so edel, und Mary hat gesagt, daß er ein wunderbarer Mann ist, aber ich halte den Schurken für aufregender. Siehst du...«

»In meinem ganzen Leben habe ich noch keinen derart haarsträubenden Unsinn gehört«, sagte der Graf.

»Wie traurig. Ich nehme an, du gehörst zu den Leuten, die Romane für sündhaft halten und nur erbauliche Bücher lesen.«

»Genau.«

Emily nahm wieder einen Schluck Wein. Wenn Mary nur endlich nach Hause käme.

Nach langem Schweigen machte Emily einen erneuten Vorstoß: »Weißt du was, da du meine Art von Unterhaltung zu anspruchslos findest, wäre es höflich, wenn du ein Thema vorschlagen würdest.«

»Vielleicht«, sagte er verstimmt. Er wandte sich ab und stieß mit seinem Reitstiefel ein Holzscheit ins Feuer. Unglücklicherweise haftete an dem Holz eine Menge heißes Harz; das Harz blieb an seinem Stiefel hängen, und dieser fing Feuer.

»Zieh deinen Stiefel aus! Zieh deinen Stiefel aus!« schrie Emily.

»Ich bin ja schon dabei«, stieß er gereizt hervor. »Nein, nicht...«

Aber es war schon zu spät.

Emily hatte die Branntweinkaraffe ergriffen und über seinen rauchenden Stiefel geschüttet, aus dem sofort blaue und gelbe Flammen schlugen.

»Dummkopf!« brüllte der Graf.

Er rannte aus dem Zimmer, in die Halle hinaus und aus der Haustür – Emily dicht auf seinen Fersen.

»Bitte geh ins Haus zurück, Emily«, sagte der Graf wütend, als er mit dem dampfenden Stiefel in einer Pfütze auf dem Rasen stand. »Es hat wieder angefangen zu regnen.«

»Ich wußte nicht, daß Brandy brennt!« jammerte Emily und rang die Hände. »Ich werde nie wieder trinken. Nie wieder! Denk nur, welchen Schaden er in unserem Inneren anrichtet.«

»Ich glaube wirklich nicht, daß der Schaden in irgendeiner

Weise vergleichbar ist«, sagte der Graf und humpelte ins Haus zurück, »es sei denn, du trinkst ein Glas Brandy und schluckst gleich danach ein brennendes Streichholz.«

Er setzte sich in der Halle auf einen Stuhl und untersuchte mißmutig die verkohlten Überreste seines Stiefels. »Ein neues Paar Stiefel, John«, sagte er, ohne die Stimme zu heben.

»Sehr wohl, Mylord«, kam die Antwort vom Treppenabsatz, und Emily fuhr zusammen.

»Mein Bursche«, erklärte der Graf. »Er ist unschätzbar. Immer zur Hand.«

»Es tut mir wirklich leid um deinen Stiefel«, sagte Emily ernsthaft.

Er musterte ihr ausdrucksvolles junges Gesicht voller Interesse. Offensichtlich war ihr gerade ein tiefer, dunkler Gedanke gekommen.

»Vielleicht hat Gott dich gestraft, weil du meine Freude an Romanen so hochmütig abgetan hast«, meinte Emily langsam. »Wer zugrunde gehen soll, der wird zuvor stolz; und Hochmut... Wie geht es weiter?«

»Mein liebes Kind, wenn du vorhast, die Hand des Allmächtigen in jedem alltäglichen häuslichen Mißgeschick zu sehen, wirst du im Irrenhaus enden. Du bist doch keine Methodistin, hoffe ich?«

»O nein, My... Peregrine. Wir waren Freikirchler, hat Papa erzählt, aber Mama fand, daß es keine vornehme Religion sei. Ich hätte dir das nicht sagen sollen«, fügte Emily unglücklich hinzu. »Ich fühle im Moment eines schwere Bürde auf mir, mußt du wissen, wo du mich doch geküßt hast, weil du dachtest, ich sei Mary, und kein Mensch ist hier.«

»Du wirst nicht mehr lange allein sein«, erwiderte der Graf. »Ich höre eine Kutsche kommen.«

Sein Diener zog ihm ein neues Paar glänzender Reitstiefel an.

»Es ist wirklich wundervoll, daß dein Fuß nicht Feuer gefangen hat«, sagte Emily und hoffte, ihn in gute Stimmung zu versetzen, damit Mary einen nicht zu großen Schock erlitt.

Aber der Graf hatte sich schon erhoben und ließ die Haustür nicht aus den Augen. Es ging eine ungeheure Anspannung von ihm aus – Stille, Warten. Emily spürte plötzlich ein schmerzliches Gefühl der Eifersucht in sich aufsteigen und fragte sich, ob wohl je ein Mann so auf sie warten würde.

Die Tür öffnete sich; Parsons trat in Erscheinung, um Mäntel und Hüte entgegenzunehmen. Mr. und Mrs. Anstey kamen hereingeeilt und überschlugen sich in unterwürfigen Willkommenskundgebungen und Entschuldigungen.

Der Graf schien sie kaum wahrzunehmen. Er blickte über ihre Köpfe hinweg zu Mary, die noch immer in der Tür stand. Marys Augen hatten bei seinem Anblick voller Herzlichkeit aufgeleuchtet, aber der Glanz wich schnell aus ihnen und machte einem erschreckten Ausdruck Platz. Sie schaute, als müßte sie auf der Hut sein. Da drehte sich der Graf langsam um und schaute Emily an. Zwischen seinen Brauen stand eine kleine Falte.

Wenn er sie nur so küssen würde, wie er mich geküßt hat, dachte Emily. Wenn er nur »Mary« sagen würde mit diesem besonderen heiseren Ton in der Stimme.

Aber der Graf trat auf Mary zu und führte ihre Hand an die Lippen.

»Ich freue mich, dich zu sehen, Mary«, sagte er. »Es ist eine lange Zeit gewesen.«

»Eine sehr lange«, flüsterte Mary.

Mary hob die Augen, und Emily, die sie so gut kannte, las die unausgesprochenen Worte in ihren weit aufgerissenen, erschrockenen Augen: Eine zu lange.

Drittes Kapitel

Zwei Tage waren seit der Ankunft des Grafen vergangen. Emily wußte nicht, was Mary wirklich empfand. Man hatte jetzt überhaupt keine Zeit mehr, einfach dazusitzen und sich zu unterhalten. Das Haus war in Aufruhr, die Gäste trafen einer nach dem anderen ein, die Lieferanten besprachen die Zustellungen, die Musikanten ihre Darbietungen, und Mr. Parsons stellte zusätzliche Diener ein.

Das Wetter war kalt und klar. Auf dem Rasen hinter dem Haus sollten zwei große Zelte aufgestellt werden, ein Imbißzelt und eines, in dem getanzt werden konnte.

Es sickerte durch, daß Graf Devenham unangenehm berührt war, daß man für die Verwandten von seiner Seite keine Unterkunft vorbereitet hatte. Mr. Anstey hatte ganz naiv angenommen, daß er überhaupt keine Verwandten habe, weil seine Eltern nicht mehr lebten.

Das Dorfgasthaus mußte in Beschlag genommen und für die anderen Gäste Zimmer in verschiedenen Privathäusern gemietet werden. Die Leute waren durchaus bereit, die Verwandten des Grafen bei sich aufzunehmen. Dagegen wollte niemand die Verwandten der Ansteys beherbergen, die sie entweder als aufdringlich und gewöhnlich oder als langweilig und gewöhnlich einstuften.

Emily wußte, daß der Graf am Tag nach seiner Ankunft mit Mary eine Spazierfahrt unternommen hatte. Als sie zurückgekommen waren, hatte Mary still und in ihr Schicksal ergeben ausgesehen, und der Graf war wortkarger denn je gewesen. Eines war sicher: Sie liebten sich nicht mehr.

Aber es macht auch keiner von beiden die geringsten Anstalten, die Hochzeit abzusagen, dachte Emily unglücklich.

Mary schien entschlossen zu sein, sich allem tapfer zu stellen, und fuhr auf ihre geduldige Art fort zu behaupten, daß sie sehr glücklich sei.

Emily drehte nervös eine blonde Locke um den Finger und beobachtete aus dem Fenster des Salons, wie Mary die Auffahrt hinuntereilte.

Sie geht in die Kirche, dachte Emily. Ich hoffe, es bleibt ihr verborgen, daß der arme Mr. Cummings in sie verliebt ist. Es wäre mehr, als sie ertragen könnte. Mary ist zu lieb und schüchtern für einen solch kalten, selbstherrlichen Menschen wie Devenham. Wenn es nur etwas gäbe, was ich tun könnte!

Auf einmal erschien es Emily ungeheuer töricht, daß zwei Leute heirateten, nur weil sie das Gefühl hatten, sie müßten ihre Pflicht tun. Mary war ein zu pflichtbewußtes Mädchen, aber der Graf war doch sicherlich zugänglich. Er besaß ein großes Vermögen. Es mußte für ihn ein leichtes sein, eine andere Braut zu finden. Emily beschloß, den Versuch zu machen, mit ihm zu sprechen, bevor sie der Mut verließ.

Sie wußte, daß er in das Dorfgasthaus gegangen war, um seinen Freund Arthur Chester, der Brautführer sein sollte, zu treffen. Sie würde sich aus dem Haus schleichen und ins Dorf reiten. Wenn Mama sie erwischte, konnte sie immer noch sagen, daß sie Schleifen für ihr Kleid kaufen wollte.

Emily nahm sich viel Zeit für ihr Äußeres, wobei sie ihr ungewöhnlich großes Interesse an jedem noch so kleinen Detail ihrer Kleidung auf ihre Nervosität schob. Als sie sich schließlich ein modisches Reitkostüm aus leuchtend grünem Stoff, dessen Revers und Manschetten mit schwarzer Litze à la militaire geschmückt waren, angezogen, eine kleine Reitkappe aus schwarzem Biber, die mit einer goldenen Kordel, Quasten und einer langen grünen Straußenfeder verziert war, über ihr Haar gestülpt hatte und in schwarze Halbstiefel mit grünen Applikationen geschlüpft war, ritt sie auf ihrer kleinen grauen Stute Sylvia davon.

Eine Zeitlang genoß sie einfach den Ausritt; sie war wegen der vielen Regentage unendlich lange im Haus eingeschlossen gewesen. Erst als sie sich dem Gasthaus näherte, verließ Emily allmählich der Mut. Papa würde erfahren, daß sie ohne Stallknecht ausgeritten war, und ihr eine Strafpredigt halten, und Gott verhüte, daß er herauskriegte, warum sie ihren Besuch machte. Unvorstellbar, wenn es ihm Lord Devenham erzählte! Irgendwie war es Emily unmöglich, den abweisenden Grafen in Gedanken Peregrine zu nennen.

Doch der Gedanke an Marys trauriges, liebes, in ihr Schicksal ergebenes Gesicht trieb sie an.

In dem Gasthaus war ein ständiges Kommen und Gehen. Der Graf mochte einst der gewöhnliche Captain Peregrine Tracey gewesen sein, das hinderte ihn aber nicht daran, eine Menge bedeutender Verwandter zu haben. Man konnte sie leicht von den anderen Gästen unterscheiden, weil sie alle sehr groß waren, harte Gesichter hatten und hochmütig wirkten.

Als Emily auf die Suche nach dem Wirt ging, sagte eine Dame, die ganz Nase und durchdringende Augen zu sein schien, mit lauter Stimme zu ihrem Begleiter: »Nun, wenn der liebe Peregrine entschlossen ist, sich an eine Familie von Ladenschwengeln zu binden, dann können wir leider auch nichts machen.«

Der Wirt teilte Miss Emily Anstey mit, daß der Graf von Devenham oben in Mr. Chesters privatem Salon sei. Er wolle Mylord bitten, in die Kaffeestube herunterzukommen.

Mit heftig klopfendem Herzen wählte Emily eine ruhige, dunkle Ecke und saß wartend da. Sie preßte ihre Knie zusammen, damit sie aufhörten zu zittern.

Als der Graf den Raum betrat, wobei er sich bücken mußte, um durch die niedrige Türöffnung zu kommen, hätte Emily der Mut beinahe wieder verlassen. Sein Gesichtsausdruck war verschlossen und abweisend, als er sich ihr näherte. Er sah nicht im geringsten erfreut über ihren Besuch aus.

»Ich hatte gehofft, es sei meine Verlobte«, sagte er schroff. »Gibt es etwas Besonderes?«

»Nein, Devenham«, sagte Emily, die beschlossen hatte,

daß Devenham ein annehmbarer Kompromiß zwischen Peregrine und Mylord sei.

»Dann überkam dich ein unwiderstehliches Bedürfnis, mich zu sehen?«

»Nein, Devenham.«

»Nun, Miss Emily, was ist dann dein Anliegen?«

Er zog die Worte spöttisch in die Länge.

Emily schaute zu ihm auf und holte tief Atem. »Ich bin gekommen«, sagte sie, »um mit dir über deine bevorstehende Hochzeit zu sprechen.«

»Ach nein! Und...?«

»Und nach sorgfältiger Beobachtung bin ich zu dem Schluß gelangt, daß ihr – du und Mary – einander nicht liebt.«

»Hat dir Mary das erzählt?«

»O nein. Mary würde nicht im Traum daran denken... Mary ist ja so pflichtbewußt...«

»Miss Emily«, sagte der Graf kalt, »ich schlage vor, du gehst wieder nach Hause, bevor ich dich übers Knie lege und verhaue. Deine Schwester ist eine reife Frau und weiß, was sie will. Wenn eine Frau treu ergeben zehn lange Jahre auf mich gewartet hat, dann ist es meine Pflicht, sie zu heiraten. Pflicht ist eine größere Tugend als Liebe. Es ist besser, du richtest deine rührseligen Gedanken auf die Liebesromane, die du liest.«

Emily errötete über und über. Sie kam sich sehr jung und sehr dumm vor.

»Es tut mir leid«, flüsterte sie. »Ich liebe Mary und will nicht, daß sie unglücklich ist.« Sie ließ den Kopf hängen.

Er streckte einen Finger nach ihr aus und faßte ihr unters Kinn. Dabei bemerkte er, daß in ihren braunen Augen Tränen glitzerten.

»Du bist noch ein richtiges Kind«, sagte er mit sanfter Stimme, »und doch ein Kind mit einer ungeheuren Fähigkeit, mich wütend zu machen. Nach Hause mit dir, Miss Emily.«

Sie starrte in seine Augen und entdeckte etwas in ihnen, das sie nicht verstand. Sie fragte sich, was es war. Sein Blick schien unauflöslich mit ihrem verschlungen zu sein wie der Faden des Dichters, der sich durch eine Erzählung zieht. Sie fühlte, wie ihr Gesicht heiß wurde und ihr Busen sich hob und senkte, weil es ihr den Atem verschlug.

Er ließ ihr Kinn los, stand auf und drehte sich, ohne auch nur noch ein Wort zu sagen, um und schritt erhobenen Hauptes aus der Kaffeestube.

Emily saß lange Zeit still da. Nie zuvor war sie sich so jung und unreif vorgekommen. Sie fühlte sich gedemütigt, daß sie zu glauben begann, sie hätte Zeichen von Kummer in Marys Verhalten hineingelesen, die in Wirklichkeit gar nicht vorhanden waren. Mit einem leisen Seufzer, der ein halbes Schluchzen war, stand sie auf. Sie hatte das Gefühl, eine ungeheuer forsche und mondäne Miss Emily Anstey zurückzulassen. Es war ein geläutertes Schulmädchen, das das Pferd bestieg und wegritt.

Mary Anstey saß in der Stille der Kirche und betete verzweifelt um den Glauben, die Kraft und die Hoffnung, ihre Hochzeit durchzustehen. Nach einer Weile merkte sie, daß jemand neben ihr kniete. Sie versuchte, sich auf ihre Gebete zu konzentrieren, aber sie wurde von der Vorstellung gequält, daß die Person neben ihr ihre Gedanken lesen konnte.

Sie erhob sich.

»Miss Anstey.«

Ihr stiller Gebetspartner war Mr. Cummings gewesen.

»Mr. Cummings. Was für einen schönen Tag wir heute haben, nicht wahr? Das Land bietet sich unseren Gästen von seiner besten Seite dar.«

»Ja«, sagte Mr. Cummings entgegenkommend und dachte an die abgeernteten, schlammigen Felder draußen und die skelettartigen Zweige der kahlen Bäume.

»Zu Hause herrscht eine solch heillose Unruhe durch all die Hochzeitsvorbereitungen«, fuhr Mary atemlos fort, »daß ich das Gefühl hatte, hierher kommen zu müssen, um Frieden zu suchen.«

»Und Hilfe?«

»Ja, natürlich. Man bedarf immer der geistlichen Führung, egal wie... w-wie gl-glücklich man ist.« Und damit sank Mary auf ihre Bank zurück und brach in Tränen aus.

»Bitte nicht«, bat Mr. Cummings und fuhr sich mit der Hand durch seine widerborstigen Haare. »Ich kann es nicht ertragen, Sie so kummervoll zu sehen. Ich weiß, Sie haben Angst vor der Ehe. Das geht den meisten jungen Bräuten so.«

Mary trocknete ihre Augen sehr sorgfältig und sagte mit tonloser, leiser Stimme: »Ich liebe ihn nicht. Er flößt mir Angst ein.«

»Ah!« Mr. Cummings atmete hörbar auf und setzte sich neben sie.

»Er ist nicht der Mann, den ich kannte«, fuhr Mary fort. »Er hat sich verändert. Er ist hart und kalt. Er macht mir Angst.«

»Meine liebe Miss Anstey! Die Hochzeit muß abgesagt werden. Sie dürfen ihn nicht heiraten.«

»Doch, ich muß. Ich habe meinen Eltern gegenüber Verpflichtungen. Diese Heirat bedeutet ihnen so viel. So ungeheuer viel. Ich weiß, sie scheinen weltlich und töricht zu sein, aber sie sind sehr lieb.«

»Sie waren nicht sehr lieb, als sie Ihnen damals nicht erlaubt haben, Devenham zu heiraten.«

»Sie haben gedacht, sie tun das Beste für mich«, meinte Mary unglücklich. Eine große Träne rollte ihr die Wange hinunter und verfing sich in einer glänzenden braunen Locke, wo sie hängenblieb und im Kerzenlicht der Kirche schimmerte. »Ich war sehr jung. Sie dachten, ich wüßte nicht, was ich wollte. Und, ach, sie hatten recht! Ich habe in einer Traumwelt gelebt. Er war so jung und ungeduldig und seiner selbst nicht sicher, als er Captain Tracey war, so sanft und freundlich. Jetzt ist er hart und fordernd und herrisch.«

»Sie sind ja ganz blaß geworden«, sagte Mr. Cummings. »Lassen Sie uns ein wenig im Kirchhof auf und ab gehen. Die frische Luft wird Ihnen gut tun.«

»Ich glaube nicht, daß mir irgend etwas gut tut«, seufzte Mary, aber sie erlaubte ihm, sie aus der Kirche ins Freie zu führen, wo an diesem glitzernd kalten Tag ein schneidender Wind blies. Sie gingen um die Rückseite der Kirche herum, dahin, wo sich die hohen, schweigenden Grabsteine gegen den blaßblauen Himmel abhoben.

»Ich weiß nicht, was ich sagen soll, um Sie zu trösten, Miss Anstey«, begann Mr. Cummings. Er stützte seine breite, verläßliche Hand auf einen marmornen Cherub mit einem Gesicht von zeitloser Bosheit. »Jeder Mann würde etwas darum geben, Sie heiraten zu dürfen.« Er versetzte dem Cherub mit der Faust einen Hieb. »Jeder Mann. Wenn ich das Recht hätte ... Aber ich darf nicht mehr sagen. Ich hätte früher sprechen sollen, aber es erschien alles so hoffnungslos. Ich wußte, daß Sie auf ihn warteten – sehnsüchtig warteten –, genauso wie ich sehnsüchtig gewartet habe.«

Mary wandte sich ihm zu und schaute ihn an, Mitleid und Erstaunen in ihren tränenblanken Augen.

»Ich wußte gar nicht, Mr. Cummings, daß es eine junge Dame gibt, die ...«

Ihre Stimme erstarb angesichts der glühenden Liebe in seinen Augen.

Lange Zeit standen sie da und schauten einander an – Mr. Cummings voll hoffnungsloser Liebe und Mary, die sich dieser Liebe allmählich bewußt wurde.

Verwundert legte sie ihm die Hand an die Wange, und er ergriff sie, drehte sie um und drückte ihr einen Kuß in die Handfläche.

»Da haben wir's«, sagte er mit rauher Stimme. »Jetzt ist mein Geheimnis raus. Ein schöner Gottesmann bin ich, Miss Anstey. Statt Ihre Bürde zu erleichtern, mache ich sie noch schwerer.«

»O nein«, antwortete Mary traurig. »Ich wußte es nicht. Aber ich weiß es jetzt, und es ist ein Wissen, das ich immer wie einen Schatz hüten werde.«

Sie drehte sich um und ging langsam nach Hause.

Peter Cummings konnte nichts anderes tun, als ihr nachzuschauen, bis er sie nicht mehr sah, und sich den Alptraum vorzustellen, der vor ihm lag. In ein paar Tagen würde er die Liebe seines Lebens mit einem anderen Mann trauen.

Die Einstudierung der Hochzeitszeremonie fand am folgenden Tag statt. Die Braut sah bleich und mitgenommen aus. Der Bräutigam war so kurz angebunden, daß es schon an Unhöflichkeit grenzte, und stieß seine Antworten knurrend hervor. Emily Anstey war todunglücklich.

Es erschien ihr nur zu offenkundig, daß Mr. Cummings auf irgendeine Weise seine Liebe erklärt haben mußte und daß die sanfte Mary ebenfalls von heftiger Liebe zu dem Pfarrer erfüllt war.

Natürlich kann nur ich das wissen, dachte Emily. Mary sieht so schlecht aus, daß die anderen bestimmt denken, sie ist nervös, wie es Bräute nun einmal sind. O Gott, ich muß etwas tun, um diese Hochzeit zu verhindern. Es ist mir egal, wenn Devenham noch einmal gedemütigt wird. Er verdient es wahrhaftig, gedemütigt zu werden, dieser arrogante, gefühllose Großtuer! Man braucht sich ja nur anzusehen, mit welch bösen Blicken er die arme Mary anstarrt.

Es war eine Erleichterung, als die Probe beendet war und der Graf die Einladung zum Abendessen schroff ausschlug, da er etwas mit Arthur Chester zu besprechen habe.

»Was fehlt dir?« fragte Mr. Arthur Chester neugierig, als er mit dem Grafen vor einer dampfend-heißen Bowle Punsch im Gasthaus saß. »Was hat dir denn die Laune so gründlich verdorben?«

»Sie mag mich nicht«, erwiderte der Graf ohne Umschweife.

»Dann nimm sie nicht!«

»Oh, sie wird sich mit der Zeit an mich gewöhnen. Die Frauen sind alle gleich. Aber ich weigere mich, noch einmal eine Niederlage von den Ansteys einzustecken – und alles nur, weil sich ihr Gänschen von Tochter in den Pfarrer verliebt hat.«

»Aber lieber Freund!«

»Ich bin nicht blind, das kannst du mir glauben.«

»Dann sag die Hochzeit ab!«

»Nein«, antwortete der Graf starrköpfig. »Ich habe dieses Mädchen von ganzem Herzen geliebt, und ich werde sie eines Tages wieder lieben. Und sie mich! Als mir die Ansteys mit ihrer ungeheuerlichen Vulgarität vor zehn Jahren erklärten, ich sei nicht gut genug für ihre Tochter, habe ich mich danach gesehnt, sie ihre Worte auf Knien zurücknehmen zu lassen. Ich habe mich danach gesehnt, im Triumph zurückzukehren und sie zu meinen Füßen kriechen zu sehen.«

»Wie barbarisch! Aber jetzt bist du zurückgekommen, und mehr kriechen können sie nun wirklich nicht. Laß sie vergeblich am Altar warten! Auf diese Weise wirst du sie noch mehr demütigen, sie kann ihren Pfarrer heiraten, und alles ist wieder in Butter.«

Der Graf sah seinem Freund voller Ärger in das schmale, dunkle, ausdrucksvolle Gesicht.

»Bei dir klingt alles so unproblematisch. Einfach auf und davon! Ich habe meinen Stolz. Ich habe geschworen, das Mädchen zu heiraten, und den Schwur mache ich wahr.«

Mr. Chester verdrehte den Hals mit leicht schmerzhaftem Gesichtsausdruck. Er trug einen modischen hohen steifen Kragen – Vatermörder genannt – und wünschte, seine Wäscherin wäre nicht ganz so großzügig mit der Stärke umgegangen.

In Wirklichkeit war er Colonel Chester, zuletzt beim 10. Dragonerregiment, aber seitdem er den Dienst quittiert hatte, legte er auch keinen Wert mehr auf seinen Offiziersrang und hatte sich geschworen, keine Uniform mehr anzuschauen.

Er war von kleiner Statur, die Nase in seinem olivfarbenen Gesicht war auffallend groß und spitz. Da er zu romantischen Gefühlen neigte, war er begeistert nach Malden Grand gereist, um dabeizusein, wenn sein Freund das Mädchen heiratete, auf das er so lange gewartet hatte. Jetzt war er enttäuscht, feststellen zu müssen, daß diese außergewöhnliche Romanze nahe daran war, unglücklich zu enden.

»Verstehst du denn nicht«, machte er einen neuen, vorsichtigen Anlauf, »sie ist ein hübsches kleines Ding und sehr schüchtern. Du bist so daran gewöhnt, Männer herumzukommandieren und Schlachten zu schlagen, daß man – hm – nicht gerade behaupten kann, daß du mit dem schönen Geschlecht sehr sanft umspringst. Schade, daß du nicht das jüngere Mädchen heiraten wolltest. Die hat Temperament.«

»Miss Emily Anstey hat kein Benehmen«, sagte der Graf kalt. »Ich mag es, wenn sich Damen wie Damen benehmen. Stell dir vor, sie war so unverfroren, mir in diesem Gasthaus aufzulauern und mir zu sagen, daß meine Liebe und die ihrer Schwester erloschen seien.«

»Ich kann nicht behaupten, daß ich das tadelnswert finde. Sie hat doch ganz recht.«

Der Graf schenkte sich ein Glas Punsch ein. Plötzlich fiel ihm seine Ankunft in »The Elms« wieder ein. Ein paar kurze, tröstliche Augenblicke lang war seine Rückkehr ganz so gewesen, wie er sie sich immer erträumt hatte. Das war es, woran er all die langen Jahre gedacht hatte. Nicht Rache! Warme Lippen, ein schmiegsamer Körper, aufwallendes Blut.

Als er mit Mary am nächsten Tag ausgefahren war, hatte er die Pferde angehalten und sie in die Arme genommen, um sie zu küssen. Sie hatte bei seiner Berührung gezittert, und ihre Lippen waren eiskalt gewesen. Ihr ganzer Körper schien vor ihm zurückzuschrecken. Dieses vorwitzige Geschöpf, diese Emily soll doch der Teufel holen. Hätte sie nicht so leidenschaftlich reagiert, wäre ihm Marys zurückhaltende Art wie das ganz natürliche Verhalten eines jungfräulichen Mädchens erschienen.

»Sie ist ein Flittchen!« stieß er wütend hervor.

»Doch nicht etwa Miss Anstey!«

»Vergiß es. Ich meine eine andere. Die Hochzeit findet

morgen statt. Die Gäste sind alle versammelt, und ich muß die Sache irgendwie zu Ende bringen.«

»Du kannst die Sache nicht zu Ende bringen!« rief Emily Anstey leidenschaftlich am Vorabend der Hochzeit aus.

Ihre Schwester hob ihr tränennasses Gesicht vom Kissen. »Ich muß.«

»Er liebt dich nicht«, behauptete Emily entschlossen. »Mr. Cummings liebt dich.«

»Nein, sag das nicht! Oh, hätte ich es doch nie erfahren! Geh weg, Emily!«

»Hör zu!« sagte Emily mit Nachdruck und rückte ein Stück näher an ihre Schwester heran. »Weißt du noch, als wir vor zwei Jahren den Streich gespielt haben? Ich habe eine braune Perücke aufgesetzt und du eine blonde. Wir sind in vertauschten Rollen auf die Abendgesellschaft gegangen. Wir haben alle hereingelegt, sogar Mama und Papa! Ich gehe morgen als Mary, und du bist ich. Er wird die falsche Schwester heiraten, und weil ich mein Gelübde als Mary Anstey ablege, ist die Hochzeit nicht gültig, und er wird so schockiert sein, daß er weggeht und nie wiederkommt. Ich habe so etwas in ›Lady Janes auswegloser Lage‹ gelesen. Sie sollte einen...«

Mary setzte sich im Bett auf und starrte ihre Schwester mit vor Entsetzen geweiteten Augen an. »Solch eine ungeheuerliche Idee ist mir in meinem ganzen Leben noch nicht untergekommen«, stieß sie mühsam hervor. »Peregrine würde mich erschießen. Laß mich jetzt auf der Stelle in Frieden und wage es nicht, mir jemals wieder mit solchem Unsinn zu kommen. Nein! Kein Wort mehr.«

Emily ging in ihr Zimmer, setzte sich in einen Stuhl am Fenster und beobachtete das Muster, das das Binsenlicht an die Decke warf.

Irgendwie mußte die Hochzeit verhindert werden. Nur einmal angenommen, es gelang ihr, Mary zu betäuben. Während Mary schlief, konnte sie sich die braune Perücke aufsetzen, so tun, als sei sie Mary, und sagen, Emily sei so krank, daß sie nicht an der Hochzeit teilnehmen könne. Ihre dümmliche, kurzsichtige Cousine Bertha wäre sicherlich entzückt, Brautjungfer sein zu dürfen.

Der Graf würde ungeheuer wütend sein und seine Wut an ihr auslassen. Aber er würde Mary keine Schuld geben. Mary konnte dann Mr. Cummings heiraten, denn nach dieser Schande würde Papa Mary jeden Mann heiraten lassen. Gott sei Dank hatte niemand erfahren, daß sie den Grafen im Gasthof aufgesucht hatte. Emily begann, eifrig Pläne zu schmieden. Es hatte keinen Sinn, Mary schon jetzt zu betäuben. Sie könnte am nächsten Morgen schon wieder wach sein. Es war besser, das Mittel in ihre Frühstücksschokolade zu tun. Emily stöhnte. Selbst in ihren besten Zeiten fand sie es sehr schwierig, früh aufzustehen.

»Dann wirst du eben die ganze Zeit wach bleiben müssen, mein Fräulein«, befahl sich Emily streng. »Und morgen früh wirst du genauso bleich und farblos aussehen wie Mary.«

Vor Emilys innerem Auge erschien das Bild des wütenden, überheblichen Grafen, und sie erschauerte. Aber Mary mußte um jeden Preis gerettet werden. Mary hatte schon genug gelitten und sollte nicht noch mehr leiden müssen.

Emily preßte den Mund zu einer schmalen Linie zusammen und zündete die Kerzen an, nahm einen Liebesroman zur Hand und machte sich bereit, die ganze Nacht durch zu warten.

Es war ein wahrer Segen, daß die Kammerzofe der Anstey-Schwestern noch nicht lange im Dienst war. Ihre frühere Kammerzofe war vor kurzem mit einer guten Pension in den Ruhestand gegangen. Die jetzige, Félice, eine schwarzäugige Französin, deren einziges Interesse im Leben der zweite Lakai zu sein schien, machte ihre Schützlinge auf tüchtige, aber unpersönliche Weise zurecht und hatte sie – dessen war sich Emily sicher – nie so genau angeschaut, daß sie sie auseinanderhalten konnte.

Emily hatte in Marys Morgenschokolade etwas Laudanum, ein Opiumpräparat, getan, die blonde Perücke auf dem Kopf ihrer Schwester befestigt und die Bettvorhänge zugezogen.

Emily trug die braune Perücke und bemühte sich nach Kräften, ihr lebhaftes Mienenspiel durch Marys ernsthaften Gesichtsausdruck zu ersetzen. Sie war davon überzeugt, daß sie dank des dichten weißen Schleiers, der zum Brautkleid gehörte, ohne weiteres als ihre Schwester gelten konnte.

Sobald Mary ihre Schokolade getrunken hatte und wieder eingeschlafen war, trug Emily Félice auf, Mama Bescheid zu geben, daß »Emily« zu krank sei, um an der Hochzeit teilzunehmen, und das Brautjungfernkleid zu Cousine Bertha zu bringen und diese zu bitten, sie möge Emilys Rolle bei den Hochzeitsfeierlichkeiten übernehmen.

Obwohl es noch nicht Zeit war, Toilette zu machen, drängte Emily Félice dann, ihr beim Anziehen des weißen Seidenbrautkleids, das mit winzigen Perlen und spanischer Spitze verziert war, zu helfen, so daß sie bereits angekleidet war und den Schleier trug, als Mrs. Anstey heraufkam, um nach der armen »Emily« zu sehen und sich zu wundern, warum Emily in Marys Zimmer schlief.

Emily erzählte ihrer Mutter eine lange Geschichte von nächtlichen Kopfschmerzen und Übelkeiten und sagte, daß »Emily« darum gebeten habe, ruhen zu dürfen, und bei der Hochzeitsfeier wieder zur Familie stoßen würde.

Mrs. Anstey schlich auf Zehenspitzen in Marys Zimmer und betrachtete voller Sorge die schlafende Gestalt im Bett, während Emily schreckliche Ängste ausstand und hoffte, daß ihre Mutter die Bettvorhänge nicht zurückzog und erkannte, daß das Mädchen im Bett nicht Emily war.

Die Ungeheuerlichkeit dessen, was sie vorhatte, berührte Emily nicht wirklich. Das Glück ihrer Schwester rangierte für sie weit vor der Demütigung des Grafen oder der peinlichen Kränkung der Familie Anstey.

Sie lebte beständig in einer Traumwelt und spielte die Rolle der Heldin in einem Roman. Dementsprechend hatte sie vor, nach allen Regeln der Kunst in Ohnmacht zu fallen, wenn man ihr auf die Schliche gekommen war, weil ganz gewiß niemand ein bewußtloses Mädchen beschimpfen und verfluchen würde.

Sie betete inständig, daß ihre Mutter erst wieder auftauchen würde, wenn es Zeit war, in die Kirche zu fahren, aber Mrs. Anstey hielt es für ihre Pflicht, vorsichtig auf die Geheimnisse der Hochzeitsnacht anzuspielen. Glücklicherweise war dieses Thema der braven Frau so überaus peinlich, daß sie in alle möglichen Richtungen schaute, nur nicht zu Emily.

Auf einmal war es Zeit aufzubrechen. Vor lauter Erregung, einmal in ihrem Leben im Rampenlicht zu stehen, war das Gesicht von Cousine Bertha fiebrig gerötet, und ihre lange Nase leuchtete dunkelrosa. Das Oberteil ihres Kleides war für ihren flachen Busen etwas zu weit geschnitten, aber sie hatte das Problem gelöst, indem sie ihr Handtäschchen in das Dekolleté gestopft hatte.

Als Emily auf den Arm ihres Vaters gestützt an der Kirchentür stand, wurde ihr plötzlich übel vor Angst. Der Stolz, der ihrem Vater aus den Augen leuchtete, verursachte ihr so heftige Gewissensbisse, daß sie beinahe laut aufgeschrien hätte.

Aber es war zu spät, jetzt noch umzukehren. Die Kirchentür stand offen, die Orgel spielte, und ihr Vater führte sie nach vorne. Sie näherte sich dem Altar mit demütig geneigtem Kopf und wünschte, ihr Schleier wäre dichter.

Dann hob sie den Blick und sah, wie sie der Graf, ohne eine Regung erkennen zu lassen, scharf beobachtete. Er trug ein rosenfarbenes Seidenjackett, das so tadellos geschneidert war, daß es wie eine zweite Haut saß.

Seine Kniehosen waren aus weißer Seide, und auf seinen Schuhen glänzten Diamantschnallen. Diamanten glitzerten auch zwischen den schneeweißen Falten seiner Halsbinde und auf den Knöpfen seiner langen, silber-weiß gestreiften Weste. Sein schwarzes Haar war gelockt und pomadisiert und schimmerte in der halbdunklen Kirche bläulich.

Bewegungslos und blaß stand der Pfarrer, Mr. Peter Cummings, in seinem grün-goldenen Talar da. Er senkte den Blick, um seiner Angebeteten ein stilles Lebewohl zu sagen, und sein Blick schien den weißen Schleier regelrecht zu versengen, als seine durch qualvolle Liebe geschärften Augen das Gesicht von Miss Emily Anstey erkannten.

Es entstand eine lange Stille. Die Hochzeitsgäste begannen, unruhig zu werden und sich zu wundern, warum der Pfarrer nicht anfing.

Mr. Cummings stöhnte unhörbar vor Erleichterung. Offenbar hatte Mary in letzter Minute Mut gefaßt und gesagt, sie wolle den Grafen nicht heiraten, und der Graf hatte sich damit abgefunden, statt dessen die jüngere Schwester zu heiraten.

Emily merkte erst, was vorging, als sie den Pfarrer in feierlichem Ton fragen hörte: »Willst du, Emily Martha Patterson Anstey, diesen Mann zu deinem rechtmäßigen Ehemann nehmen?«

Automatisch antwortete sie: »Ja«, und dann wartete sie darauf, daß der Graf losbrüllte, es sei alles Betrug.

Aber er sagte nichts.

Betäubt und schockiert stand Emily wie versteinert da, während sich die Hochzeitszeremonie hinzog. Wie in Trance gab sie die Antworten, die sie auswendig kannte, da sie schon auf so vielen Hochzeiten gewesen war, und die sie in vielen Frühlingsnächten dem Geliebten ihrer Träume zugeflüstert hatte.

Sie hörte, wie der Graf versprach, sie zu lieben und zu ehren.

Mr. Cummings' Stimme wurde immer kräftiger. Triumphierend strebte er dem Ende des Gottesdienstes zu.

»O barmherziger Gott, himmlischer Vater, der du Mann und Weib geschaffen, wir flehen dich an, sei mit deinem Segen diesen zwei Menschenkindern gnädig, daß sie fruchtbar sind und sich mehren und zusammenleben in göttlicher Liebe und Aufrichtigkeit...«

Sich mehren! dachte Emily und fühlte sich einer Ohnmacht nahe. Ihre Stirn brannte. Die Stimme des Pfarrers schien sich zu heben und zu senken.

Schließlich war alles vorbei. Sie warf den Schleier zurück, wobei ihr die übereifrige Cousine Bertha tolpatschig behilflich war.

Die Augen des Grafen durchbohrten sie. »Willkommen, Ehefrau«, stieß er zwischen den Zähnen hervor.

Ich bin mit ihm verheiratet, dachte Emily schwach. Oh, was habe ich getan?

Viertes Kapitel

Die Szene in der Sakristei war entsetzlich. Das Kirchenregister war aufgeschlagen und harrte der Unterschriften des glücklichen Paars. Mr. Cummings strahlte über das ganze Gesicht und war fest davon überzeugt, daß alles in Ordnung war. Er war willens, nur das Beste zu glauben.

Dann merkte er endlich, daß von dem Grafen eine eisige, starre Kälte ausging und daß Emily eine braune Perücke trug und so bleich aussah, als drohte sie jeden Moment in Ohnmacht zu fallen.

Mr. und Mrs. Anstey standen stolz daneben; ihre Gesichter leuchteten vor Glück.

Für sie war es Mary, die da stand.

»Was ist los, Mary?« fragte Mrs. Anstey gutgelaunt. »Man erwartet von dir, daß du unterschreibst.«

»Ich bin nicht...« Emily begann leicht zu schwanken und hielt sich mit einer Hand an dem Buch fest.

Im Bruchteil einer Sekunde wurde dem Pfarrer klar, was sich wirklich abgespielt hatte und warum Emily eine braune Perücke trug. Es war entsetzlich! Der Skandal! Und wo war Mary?

Er handelte blitzschnell. Cousine Bertha und Mr. Chester erklärte er flüsternd, daß es in St. Martin Brauch sei, daß die Trauzeugen zusammen mit den anderen Gästen in der Kirche warteten. Er betete, daß sie nicht protestierten.

Zu seiner Erleichterung verließen sie die Sakristei.

Sein Mut sank, als er zum Grafen aufschaute. Trotzdem sagte er: »Vielleicht würden Sie uns die Sache erklären, Lord Devenham?«

Der Graf zog eine Schnupftabaksdose aus der Tasche und

nahm sich in aller Ruhe eine kleine Prise. So langsam, daß man hätte verrückt werden können, steckte er die Dose in die Tasche zurück.

»Was ist hier los?« wollte Mr. Anstey wissen.

Unter Aufbietung aller Kräfte bemühte sich Emily, nicht in Ohnmacht zu fallen. Mit zitternden Händen griff sie nach Krönchen und Schleier, nahm beide ab und legte sie auf einen Stuhl. Dann zog sie sich mit einer schnellen Bewegung die Perücke vom Kopf. Die blonden Locken fielen ihr wirr ums Gesicht.

»Emily!« riefen Mr. und Mrs. Anstey.

»Es tut mir leid«, sagte Emily. »Ganz furchtbar leid. Aber Mary war so unglücklich. Ich dachte, wenn ich ihren Platz einnehme und es hinterher herauskommt, daß ich es war, dann würde die Hochzeit nicht gültig sein.«

»Aber Sie sind verheiratet«, sagte Mr. Cummings. »Ich habe Sie erkannt, deshalb habe ich Sie mit Ihrem richtigen Namen angesprochen.«

Der Graf stand weiterhin kalt und mit unbewegter Miene da, seine grauen Augen auf Emilys Gesicht geheftet.

Mrs. Anstey schlug die molligen Hände vor ihr faltiges, dickes Gesicht. »Eine solche Schande«, sagte sie und begann zu weinen. »Die Demütigung! Wie konntest du uns solch einen schäbigen Streich spielen? Du hast den glorreichsten Augenblick unseres Lebens ruiniert. Wir werden zum Gespött der ganzen Grafschaft werden.«

Darauf fing Mr. Anstey an, seine Tochter zu beschimpfen, während Mr. Cummings nicht aufhörte zu fragen, was Mary zugestoßen sei, und Mrs. Anstey laut heulte.

Inmitten ihres Unglücks und ihrer Schande sah Emily die Augen des Grafen schadenfroh aufblitzen. Endlich hatte er sich an der Familie Anstey rächen können. Und sie selbst war diejenige, die ihm dazu verholfen hatte.

Ihre noble Geste würde als dummer Streich eines ungezogenen kleinen Mädchens erscheinen. Die ganze Grafschaft würde sagen, sie sei eifersüchtig auf Mary gewesen und habe den Grafen für sich gewollt. Deshalb habe sie das Betäubungsmittel in die Schokolade ihrer Schwester getan. Emily begann an ihrem Verstand zu zweifeln.

Graf Devenham fühlte einen ekelhaften Überdruß an der ganzen Angelegenheit in sich aufsteigen. Es wurde ihm jetzt in aller Deutlichkeit bewußt, daß er Mary Anstey nicht liebte. Er war überzeugt davon, daß er diese Jugendsünde, nämlich sich in jemanden zu verlieben, auch wahrscheinlich nicht noch einmal begehen würde.

Einen Augenblick lang hatte er die Demütigung der Ansteys genossen. Aber als er Mrs. Ansteys verwelkte, mitleiderregende Gestalt betrachtete, sah er plötzlich eine liebevolle, wenn auch nicht besonders gescheite Frau vor sich, die das Beste für ihre Tochter gewollt hatte.

Er, Devenham, würde heiraten müssen, um den Fortbestand der Familie zu sichern. Er wollte Kinder.

Wenn er die Eheschließung akzeptierte, ersparte ihm das die Langeweile einer Saison in London und die Mühe, einer jungen Dame den Hof machen zu müssen. Emily war jung und schön. Sie war eigensinnig und kindisch, aber sie hatte aus einer gewissen Edelmütigkeit heraus gehandelt.

Seine unbeteiligte Stimme unterbrach das Stimmengewirr.

»Ich denke, das Beste ist«, sagte er, »die Hochzeit gelten zu lassen.«

In diesem Moment fiel Emily in Ohnmacht.

Zum Glück fing sie der Graf auf, bevor sie auf den Boden schlug.

Mary Anstey kam mühsam zu sich. Ihr Kopf fühlte sich heiß und schwer an, und ihr Mund war trocken. Irgendwo in ihrem Unterbewußtsein stand drohend eine große schwarze Wolke, die sie mit Angst erfüllte. Sie murmelte schläfrig etwas vor sich hin, vergrub ihr Gesicht in den Kissen und war entschlossen, noch einmal einzuschlafen.

Und dann fiel es ihr ein.

Es war ihr Hochzeitstag!

Sie warf einen Blick auf die Uhr, die auf dem Kaminsims eifrig vor sich hin tickte.

Nein, das konnte nicht sein. Die Uhr mußte falsch gehen. Ihr Kopf war so heiß. Sie legte eine Hand an die Stirn. Ihre Nachthaube fühlte sich so schwer an. Sie faßte unter das Kinn, um die Bänder aufzumachen, und zog dann die Augenbrauen zusammen. Sie hatte gar keine Nachthaube auf. Was war dann...?

Eine Perücke!

Sie riß sie sich vom Kopf und starrte auf die blonden Locken auf ihrem Bettbezug. In diesem Moment hörte sie geradezu Emilys Stimme diesen lächerlichen Vorschlag flüstern.

Mary zog wütend an der Glockenschnur und wartete dann. Aber niemand kam. Ihr erster Gedanke war – natürlich sind alle Diener auf der Hochzeit.

Ihr zweiter – Emily hat es also getan!

Mary sprang aus dem Bett und zog sich hastig an. Ihre Knie waren weich, und sie hatte schrecklichen Durst.

Dann hörte sie den Klang der Dorfkapelle und rannte zum Fenster, um hinauszuschauen.

Nach ländlichem Brauch bewegte sich der Hochzeitszug von der Kirche zum Haus. Hinter der Kapelle schreitend, führten Graf Devenham und Emily den Zug an. Selbst aus dieser Entfernung konnte Mary erkennen, daß Emily sehr bleich war, auch wenn sie versuchte, über etwas, das der Graf gerade sagte, zu lachen.

Mary sank mit pochenden Kopfschmerzen in einen Sessel. Es hatte den Anschein, als hätte der hochmütige Graf – sie konnte ihn jetzt auch in Gedanken kaum Peregrine nennen – beschlossen, den Streich hinzunehmen. Die Gäste schienen ebenfalls in bester Laune zu sein. Emily konnte doch gar nicht mit dem Grafen verheiratet sein, weil sie ihr Gelübde als Mary Anstey abgelegt hatte.

Der Klang der Kapelle kam näher. Aus dem Imbißzelt auf dem Rasen hörte man das Klirren von Gläsern und Schüsseln.

Mary wunderte sich, wie es hatte passieren können, daß sie

verschlief. Sie betrachtete nachdenklich ihre leere Schokoladentasse neben dem Bett. Sie nahm sie und roch daran. Laudanum. Jetzt fiel ihr ein, daß Emily sich über sie gebeugt und sie bedrängt hatte, alles auszutrinken.

Mary hatte das Gefühl, daß Emily ein zu großes Opfer gebracht hatte. Graf Devenham war nicht mehr der schüchterne junge Captain, den sie, Mary, geliebt hatte. Er war ein hart gewordener, mit allen Wassern gewaschener Mann. Emily war kaum mehr als ein Schulmädchen. Das abgesonderte Leben, das die beiden Schwestern geführt hatten, hatte Emily daran gehindert, so reif wie andere Mädchen ihres Alters zu sein.

Es war ihre, Marys, Pflicht, hinunterzugehen und Emily zu helfen, die schwierige Situation zu meistern. Wenn die anderen Gäste nicht wußten, daß die ganze Hochzeit ein Schwindel war, dann würden sie es bald erfahren.

Wenigstens hat Emily nicht das schwerste Opfer gebracht, nämlich den Grafen wirklich geheiratet, dachte Mary. Sie war überzeugt davon, daß Devenham im Moment das Gesicht wahrte, aber sein Stolz und sein Temperament würden nicht zulassen, daß Emily ungeschoren davonkam.

Mary zog ihr schönstes Seidenkleid an und trug ein bißchen Rouge auf ihre bleichen Wangen auf. Sie setzte sich einen hübschen Samthut auf den Kopf und nahm ihr Handtäschchen. Sie straffte ihre Schultern.

Die erste Person, die ihr begegnete, war ihre Mutter, die in großer Eile die Treppe heraufkam.

»Mary!« pustete sie. »So etwas Unglaubliches hat es wohl noch nie gegeben! Ich hätte nicht gedacht, daß du so aufsässig bist. Aber Lord Devenham hat uns versichert, daß er glücklich sei, mit Emily verheiratet zu sein. Der Mann ist kein bißchen nachtragend! So was von Anstand! Er weiß eben, was sich gehört. Ich dachte schon, daß wir gesellschaftlich ruiniert wären.«

»Wir wollen einen Augenblick in den Salon gehen, Mama«, sagte Mary und drängte sie die Treppe hinunter.

»Nun«, sagte Mary, als sie beide saßen, »ich fürchte, die Sache ist ernst. Emily ist nicht verheiratet, denn Mr. Cummings hat angenommen, daß ich die Braut war, und deshalb ...«

»Nein, nein und noch mal nein«, protestierte Mrs. Anstey eifrig. »Wir dachten auch erst, daß es so ist. Ich habe der Zeremonie nicht viel Aufmerksamkeit geschenkt – ich war ja so aufgeregt –, und Mr. Anstey auch nicht. Wir haben es erst erfahren, als in der Sakristei alles herauskam. Aber Mylord, er stellt sich hin und sagt, er ist zufrieden mit Emily. Worauf sie in Ohnmacht gefallen ist ...«

»Mama! Es ist ungeheuerlich. Emily darf nicht ...«

»Darf nicht was?« wollte Mrs. Anstey ärgerlich wissen. »Jetzt paß einmal gut auf, was ich dir sage, sie möchte den Grafen gern für sich selbst und spielt die opferbereite Märtyrerin. Wie sie dich überreden konnte, kann ich allerdings nicht verstehen.«

»Sie hat mir ein Betäubungsmittel in die Frühstücksschokolade getan.«

»Ah«, seufzte Mrs. Anstey, und es klang einigermaßen erleichtert. »Dann habe ich also doch recht. Ich habe gemerkt, wie ihn Emily beobachtet hat, mußt du wissen. Sie wollte ihn für sich.«

»Laß uns zu ihr gehen«, sagte Mary und preßte ihre Lippen zu einer schmalen Linie zusammen. »Sie leidet sicher ganz furchtbar. Sie hat nicht versucht, mich hereinzulegen. Sie hat das Betrugsmanöver vorgeschlagen, aber ich habe mich geweigert, so etwas zu tun, und deshalb hat sie Laudanum in meine Schokolade getan.«

Cousine Bertha machte ihren Platz am oberen Tischende widerstrebend für Mary frei.

Mary schaute Emily an, und Emily lächelte schwach zurück und wandte den Kopf ab. Sie sah wieder so frisch wie sonst aus, und obwohl ihr Verhalten etwas steif und förmlich wirkte, machte sie überhaupt nicht den Eindruck eines Mädchens, das gerade mit einem Mann verheiratet worden ist, den es nicht liebt.

Verwirrt schaute Mary zu Mr. Cummings. Die Glut der

Liebe in seinen Augen ließ ihr Herz trotz ihres Kummers höher schlagen. Oh, wenn sich doch nur herausstellen würde, daß Emily wirklich glücklich war.

Erst viel später fand Mary Gelegenheit, mit Emily zu sprechen. Nach dem Hochzeitsfrühstück tanzte man, und jedermann wollte mit der Braut tanzen. Die Feier wurde laut und fröhlich, da sich sogar die hochmütigen Verwandten von Lord Devenham angesichts der verschwenderischen Gastfreundschaft der Ansteys allmählich zwanglos gaben.

Mary fand sich plötzlich einen Moment lang allein mit Mr. Cummings. In gedämpftem Ton erzählte er ihr hastig, was in der Sakristei vorgefallen war. Mary schossen Tränen in die Augen.

»Die Hochzeitsfeier muß abgebrochen werden, Mr. Cummings. Die Eheschließung muß für ungültig erklärt werden.«

»Als der erste Schock vorbei war«, sagte Mr. Cummings bedächtig, »hatte ich den Eindruck, daß Miss Emily recht erfreut war, eine Gräfin zu sein.«

»Emily macht sich überhaupt nichts aus Titeln«, erwiderte Mary. »Kommen Sie mit. Wir wollen versuchen, sie für kurze Zeit von den anderen Gästen loszueisen.«

Das war schwieriger, als es hätte sein müssen. Emily schien ihr auszuweichen.

Sonderbarerweise gab es unter den Gästen kein Gerede darüber, daß es sich plötzlich um eine andere Braut handelte. Die Gäste von der Devenham-Seite hatten die zukünftige Braut von dem Tag an, an dem sie die Einladungen erhalten hatten, sowieso nur als »die Tochter des Ladenschwengels« bezeichnet und gingen davon aus, daß die gewöhnlichen Ansteys den Namen auf den Einladungskarten falsch hatten drucken lassen, »weil dieser Klasse immer solche Irrtümer unterlaufen«.

Die Verwandten und anderen Gäste der Ansteys waren zwar verwirrt, wagten aber nicht, etwas zu sagen, da es sich offensichtlich um eine dieser Gewohnheiten der großen Welt handelte, die so bestürzend und geheimnisvoll war.

Endlich gelang es Mary, Emily etwas zur Seite zu ziehen. Mr. Cummings trat ebenfalls zu ihnen.

»Emily«, sagte sie. »So etwas kannst du nicht machen. Devenham ist bestimmt furchtbar wütend, und es ist nur sein großer Stolz, der ihn veranlaßt, gute Miene zum bösen Spiel zu machen. Die Hochzeit muß für ungültig erklärt werden.«

Emily machte einen Moment lang den Eindruck, als bewegte sie sich auf ihre geliebte Schwester zu. Einen Sekundenbruchteil lang war sie nahe daran, sich an den Busen ihrer Schwester zu werfen und sie um Hilfe zu bitten.

Aber in diesem Bruchteil einer Sekunde sah sie, wie Mr. Cummings Marys Hand nahm und drückte, und sie sah all die Liebe in ihren Augen, als sie einander flüchtig anschauten. Da verschloß sich ihr Gesicht wieder zu einer vorsichtigen Maske.

»Ach! Was für ein Getue du machst, Mary«, lachte Emily. »Du willst ihn doch nicht, und er ist zufrieden mit mir. Jetzt ist es zu spät, um eifersüchtig zu werden.«

»Miss Emily«, sagte Mr. Cummings, der sich einredete, wenn er Emily nicht mit ihrem rechtmäßigen Titel ansprach, zeige er ihr, daß er die Ehe für nicht gültig hielt, »hören Sie doch bitte einmal zu. Sie sind ein sehr tapferes Mädchen, aber Sie dürfen dieses Opfer nicht bringen.«

»Sie vergessen sich, Mr. Cummings«, sagte Emily mit tonloser Stimme. »Reden Sie mich in Zukunft mit meinem Titel an, wenn Sie mit mir sprechen. Ich werde Gräfin sein – das heißt, ich bin es bereits –, und ich werde eine bessere als Mary abgeben.«

Sie gab ihrer Schwester mit dem langen weißen Fächer einen leichten Klaps auf die Wange. »Wenn du deine Augen je höher als bis zu diesem Dorfgeistlichen erheben willst, dann komm zu mir nach London, meine gute Mary.«

Emily ging wieder zu den anderen und ließ die beiden entrüstet zurück.

»Sie spielt uns etwas vor!« stellte Mary fest, nachdem sie

voller Zorn über das unerhörte Benehmen ihrer Schwester nachgedacht hatte.

»Keineswegs«, meinte Mr. Cummings. »Schauen Sie nur.«

Emily hatte sich an den Arm des Grafen gehängt und kokettierte geradezu schamlos mit ihm. Das engsitzende Brautkleid brachte ihre hübsche Figur mit dem üppigen Busen vorteilhaft zur Geltung. Der Graf trug eine höflich belustigte Miene zur Schau. Es war schwer zu erkennen, was er wirklich dachte.

»Vielleicht bedeutet das, daß wir heiraten können«, sagte Mr. Cummings leise.

Mary wandte sich ihm zu und sah in sein offenes, ehrliches Gesicht, sah die Liebe in seinen Augen, und ihr wurde vor Glück ganz schwindlig. Obwohl sie sich immer noch Sorgen um Emily machte, obwohl sie kaum glauben konnte, daß Emily das, was sie gerade gesagt hatte, wirklich meinte, fühlte sich Mary wie in eine rosa Wolke gehüllt, allein mit Mr. Cummings, während die Gäste um sie herum flanierten und redeten und tanzten. Da tauchte auf einmal wie eine schwarze Wolke am Horizont Graf Devenham auf.

»Ich glaube, du schuldest mir wenigstens einen Tanz, Mary«, sagte er.

Mr. Cummings wußte nicht, was er tun sollte. Auf der einen Seite wollte er Mary vor einer peinlichen Situation bewahren, aber er konnte andererseits dem Mann kaum die Möglichkeit streitig machen, um eine Erklärung zu bitten.

Mary erlaubte ihm, sie auf den Tanzboden zu führen. Es handelte sich um einen Countrytanz, der glücklicherweise wenig Chancen zu einer Unterhaltung bot. Aber als der Tanz zu Ende war und sie vor dem nächsten Tanz miteinander auf und ab gingen, begann der Graf in spöttischem Ton: »Nun, du Liebe meines Lebens, hast du es nicht einmal nötig, dich für diese Komödie zu entschuldigen?«

Die arme Mary errötete bis unter die Haarwurzeln. »Ich... habe... ich meine, ich konnte nicht. Oh, es tut mir ja so leid.«

»Du liebst mich nicht.«

»Nicht weniger als du mich«, entgegnete Mary scharf.

»Hast du dir nicht überlegt, daß du es mir sagen könntest?«

»Ich brachte es einfach nicht übers Herz«, sagte Mary. »Ich hatte das Gefühl, es wäre so grausam, und... und... alle die Gäste waren schon eingeladen. Ich hätte das nicht zugelassen...«

»Emily hat mir erzählt, daß sie dich betäubt hat.«

»Du darfst nicht schlecht von ihr denken. Sie hat es getan, um mir zu helfen. Emily ist sehr jung.«

»Ich weiß nicht, ob ihr Kummer nach der Trauung darauf zurückzuführen war, daß sie sich vor der Bestrafung fürchtete, oder ob sie wirklich die Rolle des Opferlamms spielte.«

»Die Ehe muß für ungültig erklärt werden«, flehte Mary. »Es gibt viele andere Frauen, die stolz darauf wären, deine Frau zu sein.«

»Aber du nicht«, sagte er trocken. »Habe ich mich so sehr verändert?«

»Ja, du bist für mich wie ein Fremder.«

»Seltsam«, sinnierte er, »und doch sind die Jahre spurlos an dir vorübergegangen. Du siehst noch genauso aus, du bist noch genauso... außer in einer Hinsicht.« Seine Augen wanderten dahin, wo Mr. Cummings nervös am Rande des Tanzbodens stand.

Mary errötete. »Ich fühle mich so töricht«, sagte sie. »Es ist sonst nicht meine Art, wankelmütig zu sein. Du mußt mir verzeihen und uns allen verzeihen. Emily soll nicht leiden müssen.«

»Viele Frauen«, meinte der Graf mit einer gewissen Schroffheit, »würden die Aussicht, eine reiche Gräfin zu sein, nicht als Leiden betrachten.«

»Aber Emily...«

»Hast du mit deiner Schwester gesprochen?«

»Ja.«

»Und was hat sie gesagt?«

»Daß sie mit dem Arrangement zufrieden sei.«

»Ich glaube es auch«, sagte er. »Es ist eine Vernunftehe, die doch ohnehin viel öfter vorkommt als eine Liebesehe. Vielleicht geht es ja gut.«

»Ich weiß nicht, was ich davon halten soll«, meinte Mary bekümmert. »Mama und Papa sind so glücklich, daß ihre ehrgeizigen Pläne nicht gescheitert sind. Ich weiß, daß es eine Schande ist, wie oberflächlich sie wirken, aber du mußt mir recht geben, daß sie in dieser Hinsicht ganz normal sind. Der Lauf der Welt ist nun einmal so.«

»Zum Teufel mit der Welt«, platzte Graf Devenham heraus. »Ich halte mich nicht an die Regeln der Welt, die zwischen dem Grosvenor Square und dem St. James's Square gelten. Wir werden sehen, was bei der Sache herauskommt. Ich bin kein Unmensch. Ich bin schuld daran, daß die Hochzeit trotz allem stattgefunden hat. Deshalb werde ich Emily bis acht Uhr abends, wenn ich in die Flitterwochen aufbreche, Zeit geben, sich zu entscheiden. Wenn sie dann nicht meine Frau sein will, werde ich Schritte einleiten, um die Hochzeit für ungültig erklären zu lassen.«

»Du bist sehr großzügig«, sagte Mary. »Es ist mehr, als wir verdienen.«

»Vielleicht schulde ich dem Gedenken an diesen fürchterlich unbedarften Captain, der so närrisch verliebt war, etwas.« Er führte ihre Hand an seine Lippen.

Emily trat zu ihnen und legte ihre Hand besitzergreifend auf den Arm des Grafen. »Du flirtest, Devenham?« rief sie. »Wo wir doch ganz frisch verheiratet sind! Pfui, schäm dich, Mary.«

»Wir schulden Lord Devenham sehr viel«, sagte Mary mahnend. »Es gibt wenige Männer, die unter solchen Umständen so gütig sind.«

»Pah!« lachte Emily. »Ich bin weder bucklig noch häßlich. Mylord hat kein schlechtes Geschäft gemacht. Komm, Devenham. Wir wollen Walzer tanzen.«

Sie ging am Arm des Grafen weg und warf Mary, die wie angewurzelt stehengeblieben war, über die Schulter einen lachenden Blick zu.

Diese Emily ist mir vollkommen unbekannt, dachte die arme Mary und schüttelte verwirrt den Kopf.

Als es für Emily Zeit wurde, sich zurückzuziehen und ihr Brautkleid gegen ein Reisekostüm auszutauschen, folgte ihr Mary nach oben in ihr Zimmer, in der Hoffnung, daß die alte Emily dort auf sie warte. Aber Emily hatte einen Klüngel weiblicher Gäste um sich versammelt und lachte und schwatzte, als ob sie keinerlei Sorgen auf der Welt hätte.

Sie lehnte lachend Marys Anerbieten ab, ihr ihre Brautausstattung zu schenken. Mama sei so großzügig gewesen, sagte Emily, daß ihre eigenen Kleider jeder Braut zur Ehre gereichten.

In einem Kleid aus weißem, mit zartrosa Ranken gemustertem Sarsenett unter einem bodenlangen Umhang aus feinstem Tuch, nach der neuesten Mode geschnitten, und einem Hut aus schönem braunem Bambusgeflecht mit einem Band aus braunem Satin, verziert mit Chenille- und Samtblumen, die hoch oben auf dem Kopf befestigt waren, kam Emily leichtfüßig die Stufen zu ihrem Ehemann heruntergetrippelt, der schon in seiner Reisekutsche wartete.

Mit einem Fuß auf dem Kutschentritt stehend, drehte sie sich um und warf ihren Brautstrauß in die Menge. Mary fing ihn auf und drückte ihn an den Busen. Dabei waren ihre großen Augen mit der dringenden Bitte auf Emily geheftet, die Sache nicht zu Ende zu führen, wenn sie es nicht wollte.

Einen Augenblick lang erwiderte Emily den ängstlich gespannten Blick ihrer Schwester, und das Lächeln schwand aus ihrem Gesicht. Sie machte die Andeutung einer Bewegung auf Mary zu. Aber dann zuckte sie die Achseln, winkte mit der Hand und kletterte in die Kutsche.

Der Kutscher ließ die Peitsche knallen. Die Gäste brachen in Hochrufe aus, und der gut gefederte Reisewagen rollte die Auffahrt hinunter. Vor dem Tor wurde er von den Dorfbewohnern mit Hoch- und Hurrarufen begrüßt.

Das Kutschenfenster öffnete sich, und der Graf warf eine Handvoll Silber- und Kupfermünzen heraus. Die Leute jubelten von neuem.

Mary stellte fest, daß Mr. Cummings neben ihr stand, und lehnte sich trostsuchend an ihn. Aber sie schaute der Kutsche so lange nach, bis sie nicht mehr zu sehen war.

Fünftes Kapitel

Im Innern der Kutsche herrschte Schweigen, draußen undurchdringliche schwarze Nacht.

»Wohin fahren wir?« fragte Emily schließlich schüchtern.

»Wir sind auf dem Weg nach Maxton Court.«

»Um Freunde zu besuchen?«

»Maxton Court, meine Liebe, ist das Haus meiner Vorfahren, mein neues Heim.«

»Oh.«

»Ja, oh. Hat Mary dir nicht einmal erzählt, wo sie ihre Flitterwochen verbringen wollte?«

»Nein.«

»Nun, jetzt weißt du es.«

»Ist es weit?«

»Zwei Grafschaften entfernt. Wir werden bald an einer Poststation haltmachen, um dort die Nacht zu verbringen.«

Emily schwieg wieder. Die bevorstehende Nacht erschien ihr immer bedrohlicher. Worum handelte es sich eigentlich genau bei diesen geheimnisvollen ehelichen Rechten? Erwartete er von ihr, daß sie ihn mit Küssen überschüttete? Das wäre gar nicht so schlecht, dachte sie und spürte, wie sie von Wärme durchströmt wurde, als sie sich an den ersten Kuß erinnerte.

»Mein Diener ist vorausgeritten, um die Unterkunft für uns vorzubereiten«, sagte er.

Auf einmal dachte Emily sehnsüchtig an ihr eigenes Bett zu Hause – schmal, weiß und jungfräulich. Wie wunderbar wäre es, wenn ein anderes Paar geheiratet hätte und sie jetzt mit den Füßen auf dem Funkenschutz vor dem Kamin sitzen und mit Mary über die Ereignisse des Tages reden könnte.

Heimweh erfaßte sie, als sie sich zurücklehnte und die Augen schloß.

»Müde?«

»Ein wenig.« Bei dieser Frage wurde sie plötzlich wieder hellwach. Dieser Gefährte, dieser Ehemann, würde von jetzt ab immer an ihrer Seite sein. Sie beugte sich vor und warf einen verstohlenen Blick auf ihn. Er sah wirklich sehr gut aus, wenn er entspannt war wie im Augenblick. Er konnte nicht viele Möglichkeiten zu Affären gehabt haben. Zwar war er mehrere Male auf Fronturlaub in London gewesen, aber er hatte Mary während dieser Heimataufenthalte nie mehr besucht, da er ja, bevor er Graf wurde, nicht hoffen durfte, von den Ansteys empfangen zu werden.

Er mußte während dieser Urlaube immer noch Captain gewesen sein, und Emily nahm arglos an, daß die Angehörigen der Londoner Gesellschaftskreise ebenso wählerisch wie die Ansteys waren, wenn es um einen Freier für ihre Töchter ging.

Er ist wahrscheinlich genauso unschuldig wie ich! Mit diesem ungemein tröstlichen Gedanken lehnte sich Emily wieder zurück.

Ermutigt durch das freundliche Schweigen ihres Reisegefährten, fragte sie nach einer Weile: »Waren die spanischen Damen sehr hübsch?«

»Manche«, war die Antwort.

»Aber die spanische Gesellschaft ist sehr streng, strenger als wir hier, es ist also nicht möglich, daß du viele ... äh ... persönliche Beziehungen gehabt hast.«

»Im Gegenteil. Der Krieg beseitigt viele Barrieren des Anstands.« Seine Augen leuchteten im Licht der Kutschenlampe spöttisch auf.

»Oh«, machte Emily und strich eine Falte in ihrem Gewand glatt. »Aber wenn du auf Urlaub in London warst, muß es doch sehr schwierig für dich gewesen sein. Ich meine, die feinen Leute sind so erbarmungslos.«

»Und deshalb mußte ich enthaltsam wie ein Mönch leben?

Nicht ganz. Ich war auf den Bällen und Abendgesellschaften der Liebling der Frauen.«

»Du machst dich über mich lustig«, klagte Emily.

»Keineswegs. Du kannst nicht alles haben, mein Schätzchen. Du hast meinen Titel, mein Vermögen, mich. Du kannst nicht auch noch Unberührtheit erwarten.«

»Devenham!« schrie Emily auf. »So darfst du nicht sprechen. Es schickt sich nicht.«

»Ich habe nur nach dem Haken geschnappt, meine Liebe. Du hast geangelt.«

»Ich war nichts weiter als höflich... ich habe Konversation gemacht.«

Emily warf ihm einen Blick aus den Augenwinkeln zu. Sein Gesicht war verschlossen, rätselhaft. Ich habe einen Fremden geheiratet, dachte sie. Was in aller Welt wird heute nacht passieren?

Das Gasthaus war komfortabel und gut ausgestattet. Ihr privater Salon war entzückend, und in ihrem Schlafzimmer stand ein großes Himmelbett, das den Raum beherrschte.

Ihre Diener waren in einer anderen Kutsche gereist. Der Graf ging noch einmal weg, um sich zu versichern, daß die Pferde gut untergebracht waren, und Emily nützte seine Abwesenheit, um sich zum Dinner umzuziehen. Félice lief geschäftig hin und her, wärmte eine neue Garnitur Unterwäsche über dem Feuer, heizte die Lockenzange auf dem tragbaren Öfchen auf und machte den Eindruck, als hätte sie keine einzige Sorge auf der Welt.

Félice war glücklich, weil ihr der zweite Lakai versprochen hatte, daß er sich um einen Posten im Devenhamschen Haushalt bewerben werde, und Félice war entzückt, daß sie zur Zofe der neuen Gräfin ernannt worden war.

Emily hätte dem Mädchen so gerne ihre Befürchtungen geklagt, aber Félice war so gewandt, so tüchtig und so ganz und gar fremd, daß Emily nicht den Mut aufbrachte, etwas zu sagen.

Der Graf betrat das Schlafzimmer, bald nachdem Emily angezogen war, und sagte, er werde gleich nachkommen, sie möge in ihrem privaten Salon kurz auf ihn warten.

Während sie vor dem Kamin im Salon wartete, trank Emily zwei Gläser Wein, um sich innerlich zu stärken. Als er schließlich hereinkam, hatte er seinen Hochzeitsanzug gegen einen strengen schwarzen Überrock mit weißer Halsbinde, schwarzen Kniehosen und gestreiften Strümpfen vertauscht. Der Mode entsprechend schmiegte sich die Hose hauteng um seine muskulösen Beine und enthüllte die Bewegungen jedes einzelnen starken Muskels unter dem Stoff. Der Graf war während des Abendessens charmant, witzig und geistreich. Er war verführerisch. Und je bezaubernder, witziger und verführerischer er wurde, desto ängstlicher wurde Emily. Seine Gegenwart schien alle ihre Sinne in einem einzigen Sturmangriff zu überfallen. Sie fühlte sich von der zunehmend sinnlichen Atmosphäre, die von seinem Körper ausging, überwältigt.

Ermutigt durch den Wein, den sie getrunken hatte, tat Emily ihr Bestes, über seine Geschichten zu lachen und seinen Anspielungen auszuweichen. Aber soviel Wein konnte sie gar nicht trinken, um das allgegenwärtige Bild dieses großen Doppelbettes darin zu ertränken.

Schließlich kam er um den Tisch herum und zog sie hoch. »Geh und mach dich zum Schlafen fertig«, sagte er sanft. »Ich komme gleich nach.«

»Ja, Devenham«, flüsterte sie.

Er legte seine Arme um sie und lächelte, als er spürte, wie ihr Körper zitterte. Da er ihre Furcht irrtümlich für leidenschaftliche Erregung hielt, sagte er heiser: »Geh zu Bett.«

Emily schlich sich aus dem Zimmer. Im Schlafzimmer setzte sie sich auf einen Stuhl und starrte auf das Bett. Félice trat leise ein, und Emily winkte ab: »Ich will mich selbst ausziehen, Félice«, sagte sie. »Komm erst morgen früh wieder zu mir.«

Félice machte einen Knicks und ging.

Ich kann einfach nicht, dachte Emily. Es ist entsetzlich. Eine völlig unbekannte und bedrohliche Welt heißer männlicher Lust bedrohte sie aus dem Hinterhalt.

Wie eine Schlafwandlerin erhob sich Emily, warf sich ihren dicken Umhang um die Schultern, verließ das Zimmer, verließ das Gasthaus und ging einfach davon, hinaus in die Nacht.

Ein dichter, nieselnder Novembernebel hatte sich über das Land gelegt. Sie hatte sich erst ein paar Schritte vom Gasthaus entfernt, als sie sich in feuchte Dunkelheit eingehüllt fand. Von den Bäumen tropfte das Wasser wie Tränen und glitzerte auf ihrem Haar. Die Straße war schlammig, und ihre dünnen Seidenslipper waren bald ruiniert. Sie hatte keine Ahnung, wohin sie ging. Sie hatte *einen* Gedanken, nur diesen einen Gedanken – nämlich einen so großen Abstand zwischen sich und das Gasthaus zu legen, wie es nur möglich war.

Sie glaubte, Fußtritte hinter sich zu hören. Der Nebel löste sich ein wenig auf, er wurde dünner, und bei dem schwachen gelben Kerzenlicht, das aus einem Häuschen drang, welches am Straßenrand allmählich Gestalt annahm, sah sie eine schmale Straße abzweigen. In diese bog sie ein und beschleunigte ihre Schritte.

Der Nebel verdichtete sich wieder. Zeitweise konnte sie nicht einmal die Begrenzung der Straße, die zunehmend unwegsamer wurde, erkennen, und einmal wäre sie beinahe in den Straßengraben gerutscht.

Von den Bäumen tropfte und platschte traurig das Wasser und gluckste im Graben.

Aus den Büschen kam plötzlich ein Hund herausgesprungen und rannte zähnefletschend auf sie zu, nach ihren Knöcheln schnappend. Er bekam den Saum ihres Umhangs zu fassen und zerrte knurrend an dem Stoff.

Sie riß ihren Umhang los und rannte Hals über Kopf die Straße hinunter, bis sie Atem holen mußte und schmerzende Seitenstiche hatte.

Als sie es endlich wagte, langsamer zu gehen, merkte sie,

daß die Straße nach und nach in einen Wiesenpfad übergegangen war. Sie kam zu einem Tor mit fünf Riegeln, auf dessen beiden Seiten eine dichte Dornenhecke verlief. Erschöpft und unfähig, auch nur noch einen Schritt zu gehen, sank sie auf einem nassen Grasbüschel nieder und kuschelte sich in ihren Umhang hinein. Trotzdem spürte sie schon nach wenigen Augenblicken die eisige Kälte und begann jämmerlich zu frieren.

Emily raffte sich wieder auf und fragte sich, was sie jetzt tun sollte. Sie wollte nicht wieder zurückgehen, aus Angst, dem Hund oder, noch schlimmer, ihrem Mann zu begegnen. Steif vor Kälte und unter Schmerzen setzte sie ihren wunden Fuß auf die erste Querleiste des Tors und machte sich daran, darüber zu klettern.

Als Graf Devenham das Schlafzimmer betrat und es leer vorfand, war sein erster Gedanke, daß seine Braut das Häuschen hinter dem Gasthaus aufgesucht habe, weil sie zu schamvoll war, den Nachttopf zu benutzen.

Nachdem er eine Viertelstunde gewartet hatte, machte er sich auf die Suche nach ihr, und weil er sie nirgends im Gasthaus fand, kam er zu der logischen Schlußfolgerung, daß sie weggerannt war.

Ihm schwindelte unter diesem neuen Schlag. Sie hatte ihn beim Souper, als das Kerzenlicht ihr Haar vergoldete, durch ihre Schönheit so verzaubert, daß er sich eingeredet hatte, sie habe ihrer Schwester nicht ungern den Gefallen getan, ihn zu heiraten. Ihr Verhalten während der Hochzeitsfeier war durchaus dazu angetan, diese Vorstellung zu stützen. Und da er nicht an übermäßigem Selbsthaß litt, konnte man ihn kaum für die Überlegung tadeln, daß er eine gewisse Anziehungskraft auf Frauen ausübte. Er war schwerlich die Art von Mann, die ein junges Mädchen dazu treiben würde, sich zu opfern, weil der Gedanke, daß ihre Schwester ihn heiraten müßte, so widerwärtig war.

Zwar besaß er seinen Titel und sein Vermögen erst seit kurzer Zeit, aber er hatte schon gemerkt, welch magische Verwandlungskraft von Geld und Titel ausgeht.

Doch auch vorher hatte er, abgesehen von der schroffen Zurückweisung der Ansteys vor zehn Jahren, keine wirklich großen Demütigungen erleiden müssen. Er wurde von seinen Soldaten verehrt. Er galt als Liebling der Frauen, und der Herzog von Wellington hatte ihn als besten Tänzer in der Armee bezeichnet – ein wahrhaft großes Lob, denn der Eiserne Herzog schätzte es sehr, wenn seine Offiziere gut tanzen konnten. Er hatte sich zwischenzeitlich der Gunst einer Mätresse erfreut. Mrs. Cordelia Haddington war entzückt gewesen, ihn, wenn er auf Urlaub in London war, in ihrem Schlafzimmer und in ihren erfahrenen Armen willkommen zu heißen.

Diese Überlegungen änderten jedoch nichts daran, daß das Bett leer war. Emily war weg, ihr Nachthemd und ihre Nachthaube lagen unberührt auf dem Bett.

Als er diese demütigende Tatsache erfaßt hatte, war sein erster Wunsch, geradewegs zu Bett zu gehen und die ganze Sache zu vergessen. Sein zweiter Wunsch war, das Gasthaus und die ganze Gegend aufzurütteln und Männer und Hunde zu mobilisieren, die ihm bei der Suche helfen sollten.

Sein dritter Wunsch war zu versuchen, sie selbst zu finden. Er ging nach unten, weckte den Wirt und bat ihn, ihm eine Laterne zu leihen – es sei ihm etwas Wertvolles aus der Kutsche gefallen und er wolle jetzt zu Fuß danach suchen.

Er lehnte das Angebot des Wirts ab, der ihm seine Diener zur Verfügung stellen wollte. Der Wirt, das wußte er, schob die Weigerung Seiner Lordschaft auf die exzentrische Art der feinen Leute. Und der Graf hatte das Gefühl, daß er das ertragen konnte. Was er nicht ertragen konnte – es sei denn, es war unvermeidlich –, waren der Skandal und das Gelächter, wenn bekannt wurde, daß seine junge Braut in der Hochzeitsnacht lieber auf und davon gerannt war, als seine Liebesbezeigungen zu erdulden.

Das harte, wenn auch schöne Gesicht des Grafen war bis zu

dieser Nacht nicht sein wahres Gesicht gewesen. Auch wenn er selbstherrlich auftrat und nach außen die gesellschaftlichen Formen wahrte, war er im Grunde noch jener heißblütige Captain, der vor zehn Jahren um die Hand der schönen Mary angehalten hatte. Aber Emilys Flucht hatte ihn so sehr verletzt, daß er glaubte, nie mehr auch nur einen Funken von Liebe und Zuneigung in sich zu spüren. Das einzige Feuer, das in ihm brannte, als er sich in den Nebel aufmachte, war das Feuer des Zorns.

Sobald er in sicherer Entfernung vom Gasthaus war, suchte er die schlammige Straße ab, bis er fand, wonach er suchte, nämlich die Spuren zweier kleiner Füße in Slippern.

Er folgte ihnen vorsichtig und geduldig, wobei er sich zwang, langsam zu gehen, damit er die Spur nicht verlor. Er verfluchte den feuchtkalten, dichten Nebel.

An der Straßenkreuzung hätte er beinahe die Spuren verloren, aber schließlich nahm er die Verfolgung wieder auf. Ein wenig weiter die Straße hinunter unternahm der Hund, der Emily erschreckt hatte, einen Angriff auf seine Stiefel.

Der Graf stand bewegungslos da. »Scher dich weg, du elender Köter«, sagte er ruhig, »sonst tret' ich dich tot.«

Der Hund entblößte unterwürfig seine gelben Zähne und trollte sich in die Büsche davon.

Beim Schein der Laterne sah der Graf, daß die Tritte im Schlamm an der Fußspitze tief eingedrückt waren. Der Hund mußte Emily Angst eingejagt haben, und sie hatte begonnen zu laufen.

Gut, dachte er schadenfroh. Geschieht ihr recht!

Er ging weiter bedächtig die Straße entlang und folgte den umherirrenden Fußspuren, die manchmal von einer Straßenseite auf die andere liefen.

Dann kam er ebenfalls zu dem Tor mit den fünf Riegeln. Wieder hielt er die Laterne hoch und merkte, als er mit einem Ausruf des Unwillens das Licht über das Tor fallen ließ, daß die Fußtritte über den Acker auf der anderen Seite weiterliefen.

Er schwang sich leichtfüßig über das Tor. Als er den Acker halb überquert hatte, traf er auf einen von Emilys Slippern. Er hob ihn auf. Es handelte sich um ein jämmerliches, zerfetztes, schmutziges Bündel, und auf der Seide war eine schwache Blutspur zu erkennen.

»Sie muß wahnsinnig geworden sein«, murmelte er und war vollkommen unfähig zu verstehen, warum er jemandem einen solch verrückten Schrecken eingejagt hatte.

Am anderen Ende des Feldes führten trockene Graspfade in einen Nadelwald. Er suchte einen Weg nach dem anderen nach einem Hinweis ab, welche Richtung sie eingeschlagen hatte. Rufen wollte er nicht, aus Angst, sie könnte sich verstecken. Da seine Stiefel auf dem mit Tannennadeln bedeckten Boden kein Geräusch verursachten, suchte er weiter und merkte dabei, daß der Nebel gewichen war und schwaches silbriges Mondlicht den Wald zu durchdringen begann.

Er fand sie in einer kleinen Lichtung.

Ganz still blieb er am Rand stehen und dachte, daß sie wie eine Märchenprinzessin aussah.

Sie lag im Gras und hatte einen Arm von sich gestreckt. Das Mondlicht beschien die aufsteigenden Nebelschleier, und ihre Haare, die ihr ins Gesicht fielen, hatten sich in Silbersträhnen verwandelt. Dann fiel ihm auf, daß das struppige Gras wie Pyrit im Mondlicht schimmerte.

Frost.

Erstarrt und ohne eine Regung zu spüren, fragte er sich, ob sie tot sei.

Der Graf ging mit großen Schritten über die Lichtung und kniete neben Emily nieder. Sie schlief vor Erschöpfung ganz fest. Ein Gefühl des Mitleids rührte ihn, aber gleich darauf kam ihm der Gedanke, wenn sie sich ein schweres Fieber zugezogen hatte, könnte sie sterben, und ich wäre frei.

Doch verwarf er diesen unwürdigen Gedanken rasch wieder.

Er bückte sich und hob sie hoch. Sie öffnete die Augen und stöhnte vor Schrecken leise auf.

»Ich bin es«, sagte er grimmig. »Devenham.«

Emily wehrte sich kraftlos in seinen Armen, aber er achtete nicht darauf. Er schritt den Weg zurück, den er gekommen war. Die Laterne baumelte ihm am Handgelenk, während er Emily wie ein Kind auf beiden Armen trug. Er brauchte keine Laterne mehr, um den Weg zu beleuchten. Der Nebel hatte sich gelichtet, und außerdem hatte er das Gefühl, daß er jeden Zoll des morastigen Weges auswendig kannte.

Emily war wieder eingeschlafen. Erneut empfand er Mitleid mit ihr, kämpfte es aber nieder. Sein einziges Ziel bestand darin, sie in das Gasthaus zu bringen, ohne dabei beobachtet zu werden. Emily wurde grob wachgerüttelt. Sie standen vor dem Torbogen, der in den Hof des Gasthauses führte.

»Bleib da stehen«, sagte der Graf, »bis ich dich hole. Wenn du noch einmal wegläufst, finde ich dich und verprügele dich. Habe ich mich klar ausgedrückt?«

Emily nickte; ihre Augen waren vor Furcht ganz groß.

»Gut!«

Mit raschen Schritten ging er in den Hof. Emily lehnte den Kopf an die rauhe Steinmauer. Ihr Körper fühlte sich seltsam leicht an, und die Geräusche vom Gasthaus schienen aus weiter Entfernung an ihr Ohr zu dringen.

Der Graf kam zurück. In der Hand hielt er einen Sack aus grobem Leinen.

»Klettere hinein«, befahl er.

»Warum?« fragte Emily in plötzlichem Erschrecken. »Ich weiß es! Du willst mich in den Fluß werfen.«

»So gerne ich es täte«, stieß er zwischen den Zähnen hervor, »so wenig ist es mir möglich. Um einen Skandal zu vermeiden, habe ich dem Wirt erzählt, daß ich etwas suche, das wir unterwegs verloren haben. Das Etwas bist du. Steig auf der Stelle in den Sack und sag kein Wort mehr, bis wir oben sind.«

Sein Blick war streng und drohend, und Emily fühlte sich ohnehin zu schwach, um noch weiter Widerstand zu leisten.

Sie stieg in den Sack. Er verschnürte ihn und warf ihn sich über die Schulter. Emily bekam kaum Luft. In dem Sack war

Getreide gewesen, und die trockene Spreu stieg ihr mit jedem Atemzug in die Nase.

Sie schlug an seinen Rücken, als er über den Hof schritt.

»Guten Abend, Mylord«, hörte sie den Wirt sagen. »Sie haben also gefunden, was Sie gesucht haben?«

»Ja, vielen Dank«, antwortete die Stimme des Grafen. »Ich hoffe, ich habe Sie nicht geweckt.«

»Nein, Mylord. Die Postkutsche muß jeden Moment kommen. Die Nacht hat es für mich keinen Schlaf gegeben. Erlauben Sie mir, den Sack zu tragen.«

»Nein, nein. Ich komme sehr gut damit zurecht.«

»Ein Glück, daß es noch da war, Mylord. Ich darf Sie daran erinnern...«

Der Graf knallte den Sack auf den Boden. Emily merkte plötzlich, daß sie niesen mußte. Der Wirt redete irgendwo über ihrem Kopf ohne Unterlaß weiter. Emily versuchte, ihre Gedanken vom Niesen abzulenken; sie versuchte sich die Nase zuzuhalten. Es hatte keinen Sinn. Sie mußte niesen. Ah... Ah... Ah... uuuf! Der Graf trat gegen den Sack, und sein Fuß traf sie am Kopf, wodurch das Niesen im Keim erstickt wurde. Der Tritt war eigentlich nur ein leichter Stoß gewesen, aber Emily begann zu fürchten, daß der Graf wirklich vorhaben könnte, sie zu töten. Wenn man seine Frau in einen Sack sperrte und sie dann auf den Kopf schlug, so bedeutete das, daß die Gefühle, die man dieser Frau gegenüber hegte, nicht die zärtlichsten waren.

Endlich merkte sie, daß sie wieder aufgehoben wurde.

»Schaut komisch aus, was Sie da haben, wie ein totes Schwein, Mylord«, meinte der Wirt.

»Sie sind sehr scharfsinnig«, hörte sie den Grafen antworten. »Genau das ist es. Ich gehe nie in die Flitterwochen ohne ein totes Schwein.«

»Äh? Ah, Mylord. Ich hätte Sie beinahe ernst genommen. Das ist ein guter Witz. Ich muß ihn meiner Frau erzählen. Ich gehe nie in die Flitterwochen ohne ein totes Schwein!«

Sein Lachen folgte ihnen die Stufen hinauf. Der Graf öffnete die Schlafzimmertür und stieß einen Seufzer der Erleichterung aus. Er öffnete den Sack und befreite Emily, indem er den Sack am Boden entlang schleifte, bis er ihn von ihr abgestreift hatte.

»Wir werden uns morgen früh über die Angelegenheit unterhalten, mein angetrautes Eheweib«, sagte er. »Jetzt gehen wir ins Bett. Du brauchst nicht so bekümmert dreinzuschauen. Ich habe nicht die Absicht, dich anzurühren.«

Emily sank der Mut vor der offensichtlichen Verachtung in seinen Augen. Sie nahm ihr Nachthemd und ihre Haube und ging auf die Tür zum Salon zu, um sich dort umzuziehen.

Er packte sie an den Haaren und riß sie herum. »O nein, das nicht«, knurrte er. »Bleib stehen und rühr dich nicht!«

Er nahm ihr den Umhang von den Schultern und warf ihn auf einen Stuhl. Dann drehte er sie um und knüpfte flink die Bänder auf dem Rücken ihres Kleides und an der Taille auf. Er zog ihr das Gummikorsett aus und klatschte es verächtlich zu Boden. Sie hielt krampfhaft ihr Unterkleid fest, aber er sagte kalt: »Es wird dir entweder über den Kopf gezogen oder vom Körper gerissen. Du hast die Wahl.«

Sie war auf einmal zu müde und zu starr vor Kälte, um sich zu schämen. So streckte sie die Arme ergeben nach oben. Er knüllte das Unterkleid zusammen und zog ihr dann das Nachthemd über den Kopf.

»Setz dich vors Feuer.«

Emily setzte sich, während er Kohle auf das Feuer schaufelte. Dann brachte er ein Waschbecken und eine Wasserkanne herbei, zog ihr die zerrissenen Strümpfe aus und wusch ihr die Füße. Dabei ging er geschickt und teilnahmslos zu Werke.

Dann hob er sie hoch, trug sie ins Bett und deckte sie warm zu. Als er begann, sich selbst auszukleiden, drehte sie sich weg und vergrub ihr plötzlich heiß gewordenes Gesicht in ihrem Kopfkissen. Die Angst vor dem, was er ihr antun würde, würde sie – dessen war sie sich sicher – wach halten.

Aber die Augen fielen ihr zu, und eine angenehme Dunkelheit verschlang sie.

Der Graf kletterte ins Bett und zog die Bettvorhänge zu. Er lag, die Hände hinter dem Kopf verschränkt, da und starrte zum Betthimmel hinauf, der von den lodernden Flammen des Kaminfeuers rot leuchtete.

Morgen würde er entscheiden, was er mit ihr tat. Sie bewegte sich im Schlaf, murmelte etwas und rollte dann herüber, bis sie mit dem ganzen Körper eng an ihn geschmiegt dalag. Sie duftete leicht nach Seife und Rosenwasser und Tannennadeln.

Als er sie grob wegstieß, wachte sie nicht auf.

Was tut man am ersten Tag der Ehe, wenn diese Ehe nicht vollzogen worden ist? Emily erwachte in der vertrauten Umgebung des Schlafzimmers. Einen seligen Augenblick lang dachte sie, sie sei zu Hause. Dann brachte sie ein leiser Seufzer neben ihr mit einem dumpfen Schlag in die Realität zurück. Ohne ihren Mann auch nur anzuschauen, krabbelte sie hastig aus dem Bett und zog die Vorhänge dicht um das Bett, falls er aufwachen und ihr beim Ankleiden zuschauen sollte. Sie wusch sich oberflächlich und hastete in ihre Kleider. Ihr erster Gedanke war, einen Spaziergang zu machen, damit sie der peinlichen Gegenüberstellung entging, wenn er aufwachte. Aber ihr zweiter, vernünftigerer Gedanke war, daß seine Wut keine Grenzen kennen würde, wenn er feststellte, daß sie schon wieder weg war. Sie beendete ihre Toilette und wünschte, da er immer noch fest schlief, sie hätte sich mehr Zeit dafür genommen. Ihr Magen protestierte leise knurrend. Unten grillte jemand Nierchen und briet Frühstücksspeck aus. Es war eine Marter, hier zu sitzen und darauf zu warten, daß er aufwachte. Sollte sie in den Salon gehen und Frühstück bestellen? Oder sollte sie nach der Bedienung klingeln?

Auf den Festen im Dorf sprechen sie unentwegt über die beneidenswerten Freiheiten der verheirateten Frauen, dachte Emily. Hier zu sitzen und nicht zu wagen, sich zu rühren, bis der Herr und Meister geruhte aufzuwachen, konnte man kaum Freiheit nennen. Sie schaute sehnsüchtig auf den Klingelzug an der Wand. Ein Zug daran, und an der Küchenwand unten würde es klingeln; ein freundlicher Diener würde kommen, und auf diese Weise würde er aufwachen, und sie wäre nicht allein mit ihm.

Allmählich wurde Emily auf sich selbst wütend, weil sie so ängstlich war. Eine verheiratete Lady würde wahrscheinlich ihre Zofe rufen und den Morgen wie sonst auch beginnen. Aber nicht am ersten Morgen ihrer Flitterwochen, sagte eine verräterische Stimme in Emilys Kopf. Die offensichtliche Lösung des anstehenden Problems war also, ihn zu wecken. Vielleicht war er ja schon wach, lag hinter diesen Bettvorhängen, starrte zum Betthimmel hinauf und arbeitete Rachepläne aus.

Emily hüstelte schüchtern.

Schweigen.

Sie hustete noch einmal. Diesmal lauter.

Schweigen.

Die Bettvorhänge bewegten sich nicht.

»Devenham!« rief sie gedämpft.

Dann lauter. »Devenham!«

Emily sank auf einen Stuhl beim Fenster.

Vielleicht war er tot. Das wäre natürlich sehr traurig, aber sie wäre frei. Und dennoch wäre sie die Gräfin von Devenham, ohne irgendwelche Verpflichtungen zu haben. Sie würde den Arzt rufen. Man würde von ihr erwarten, daß sie weinte. Nun, das würde nicht so furchtbar schwierig sein, wenn sie sich nur jenen Kuß ins Gedächtnis rief. Und sie würde dafür sorgen, daß er ein glanzvolles Begräbnis bekam. Vielleicht würde er in der Westminsterabtei begraben werden. Schwarze Pferde mit schwarzen Federn würden die Kutsche ziehen, um seinem hohen Rang gerecht zu werden. Sie würde sich um alles kümmern müssen. Aber man würde von ihr erwarten, daß sie allein zu seinem Familiensitz reiste und sich alle Diener vorstellen ließ. Vielleicht würden sie ihr die

Schuld an seinem Tod geben. Vielleicht würde sie vor Gericht gestellt und in Tyburn eingesperrt werden! Ach nein, das Schafott in Tyburn gab es ja nicht mehr, jetzt wurden die Leute vor dem Gefängnis in Newgate gehängt. Aber sie war eine Angehörige des Hochadels, deshalb wurde sie vielleicht im Tower hingerichtet. Die Tore des Towers klirrten, als sie vom Fluß die feuchten Stufen hinaufgeführt wurde.

Dort war der Richtklotz des Henkers und der Henker selbst in seiner schwarzen Maske. Mary stand auch da und weinte verzweifelt. »Sie hat sich für mich geopfert«, jammerte Mary. Der Prinzregent war persönlich gekommen, um Zeuge dieser aufregenden Hinrichtung zu sein. »Halt!« rief er. »Ich kann es nicht ertragen, eine so schöne Frau unter der Axt des Henkers sterben zu sehen.«

»Eure Hoheit«, sagte Emily. »Ich habe ihn zwar nicht ermordet, aber ich kann es nicht ertragen, ohne ihn zu leben. Bitte befehlen Sie, daß die Hinrichtung ihren Lauf nimmt.«

Ja, es war wirklich schrecklich rührend. Über Emilys Gesicht liefen die Tränen, als sie da am Fenster saß.

»Du hast es dir doch selbst eingebrockt, du dummes Gänschen«, sagte eine schläfrige Stimme neben ihr.

»Devenham!« schrie Emily auf. Sie war so versunken in ihren Traum gewesen, daß sie zu Tode erschrak, als sie den Mann, den sie gerade erst beerdigt hatte, nur mit einem Nachthemd bekleidet neben sich stehen sah.

»Wen in aller Welt hast du denn erwartet?« fragte ihr Ehemann ärgerlich. »So wie du dich benimmst, meine Liebe, ist es kein Wunder, wenn ich mich frage, ob du im Oberstübchen ganz richtig bist.«

Er trat an den Toilettentisch und machte sich daran, das Nachthemd über den Kopf zu ziehen.

»Devenham!«

»Was ist denn jetzt schon wieder los? Hast du vor, da zu sitzen und den ganzen Morgen ›Devenham‹ zu schreien?«

»Du ziehst dein Nachtgewand aus!«

»Du wirst eine Menge über mich lernen müssen, was dir

aufregend und fremdartig erscheinen mag«, sagte er mit beißendem Spott. »Normalerweise trage ich mein Nachthemd tagsüber nicht unter meiner Kleidung. Seltsam, nicht wahr?«

Er zerrte sich das Nachthemd über den Kopf. Emily wagte einen entsetzten Blick auf seinen muskulösen Rücken und verbarg ihr heißes Gesicht dann in den Händen. Sie hörte es platschen und spritzen, dann ging er offenbar quer durchs Zimmer, nachdem er energisch an der Klingelschnur gezogen hatte. Wenige Augenblicke später öffnete sich die Tür, und Emily ließ die Hände sinken, als sie den Grafen sagen hörte: »Sie können mich jetzt rasieren.«

Während sich der Diener an die Arbeit machte, raffte Emily all ihren Mut zusammen und klingelte nach Félice. Sie begann sich zu entspannen, als die französische Zofe ihrer Mißbilligung über die Haare ihrer Herrin Ausdruck gab und sie in Ordnung brachte. Als ihre Haare schließlich sorgfältig in Locken gelegt und frisiert und Gesicht und Arme mit warmem Wasser und Eau de Cologne erfrischt waren, hatte Emily das Gefühl, daß dieser Tag vielleicht doch nicht so schlecht verlaufen würde, wie sie erwartet hatte.

Mylord und Mylady wurden darüber informiert, daß sie das Frühstück in ihrem privaten Salon erwartete. Emily wußte nicht, ob sie froh oder traurig sein sollte, weil es nicht viel Gelegenheit gab, sich zu unterhalten, denn der Graf vergrub seine Nase in der Morgenzeitung.

Schließlich ließ er die Zeitung sinken. »Was wollen wir heute machen, Devenham?« fragte Emily freundlich.

Er leerte seinen Bierkrug und schaute sie nachdenklich an. Sie sah sehr schön aus, wenn auch ein bißchen blaß. Ihr Kleid aus blauem Seidensamt unterstrich ihre blonde Schönheit und die Reinheit ihrer Haut. Der Graf seufzte. Als er seine Flitterwochen plante, hatte er vorgehabt, den ersten Tag hauptsächlich im Bett zu verbringen und am darauffolgenden Tag zu seinem Landsitz zu reisen. Er zuckte mit den Achseln. »Ich weiß es nicht, Mylady. In Market Warborough, welches die nächste Station unserer Reise ist, ist Markttag. Vielleicht könnte ich hinfahren und schauen, ob es etwas Interessantes an Pferden gibt. Du kannst mitkommen, wenn du willst.«

Das Wetter paßte gut zu Emilys Stimmung – es war kalt und grau, und die kahlen Zweige raschelten im eisigen Wind. Sie fuhren schweigend nach Market Warborough und hielten schließlich an einem Gasthof mitten in der Stadt. Überall herrschte Betriebsamkeit – Bauern und ihre Frauen, Pferdehändler, Schäfer und Marktfrauen drängten sich durch die schmalen, gepflasterten Straßen im Schatten der Tudorgebäude. Was für lange und geheimnisvolle Gespräche die Herren über Pferde führten! Emily stand geduldig daneben, während ihre Zehen vor Kälte zu schmerzen begannen und ihre Nase erst dunkelrot und dann blau anlief. Schließlich wurde es dem Grafen bewußt, wie geduldig sie wartete.

»Geh zurück zum Gasthaus«, forderte er sie auf, »ich komme gleich nach.«

Emily machte sich auf den Weg und blieb dann hilflos im Vorraum des Gasthauses stehen. Alles schien sehr fröhlich, sehr laut und sehr betrunken zu sein, und es war keine andere Lady zu sehen. Ein Geck schaute aus der offenen Tür zur Schenke und rief: »Eine Venus befindet sich in unserer Mitte, Kameraden. Eine echte Venus!«

In kurzer Zeit war Emily von bierseligen, grinsenden Gesichtern umringt. Die Eleganz ihrer Kleidung hinderte ihre Bewunderer daran, ihr allzu nahe zu treten, aber andererseits hatte sie weder ein Mädchen noch einen Ehegatten an ihrer Seite. So drängte sich der Haufen immer dichter an sie heran, und die Scherze wurden immer anzüglicher.

»Sie sind allesamt abscheulich und betrunken«, sagte Emily, die vor Wut nicht mehr an sich halten konnte. »Wenn Sie Gentlemen wären, wären Sie trinkfester... Sie können es ja nicht einmal mit einer Lady aufnehmen. Ich wette, ich könnte jeden von Ihnen unter den Tisch trinken!«

Zu ihrem Entsetzen wurden ihre Worte als Herausforderung aufgefaßt; man schob sie in die Schenke, und sie bekam ein Glas Wein in die Hand gedrückt. Voller Angst blickte sie um sich und betete, Devenham möge zu ihrer Rettung kommen. Wie konnte er sie nur so allein lassen?

Graf Devenham hatte gerade einen wunderbaren Braunen gekauft und erteilte Anweisungen, das Pferd an seinen Familiensitz zu liefern, als ihm eine stämmige Bauersfrau mit ihrem Schirm auf die Schulter klopfte. »Sir«, sagte sie. »Haben Sie vielleicht etwas mit der hübschen jungen Miss mit den gelben Haaren zu tun? Ist sie vielleicht die Tochter von Euer Ehren?«

»Meine Frau«, schnauzte der Graf sie an. »Was ist mit ihr?«

»Ein paar Trunkenbolde haben sie in die Schenke gezerrt, und die arme kleine Lady trinkt fürchterliche Sachen. Mein Bill sagt, er kann es nicht mehr mit ansehen, und er hat mich direkt zu Ihnen geschickt...«

Aber sie hatte schon kein Gegenüber mehr, denn der Graf war bereits unterwegs zum Gasthaus.

Emily war in einem euphorischen Zustand. Was für lustige, wunderbare Gentlemen das doch waren! Und wie kindisch, daß sie sich vor ihnen gefürchtet hatte. Sie goß ein weiteres Glas Burgunder in sich hinein und lächelte benommen, als ihr brüllender Applaus dafür zuteil wurde.

Dann zwinkerte sie mit den Augen. Wohin waren alle diese fröhlichen Gentlemen gegangen? Gerade war sie noch von ihren jubelnden Bewunderern umringt gewesen, und jetzt waren sie verschwunden. Sie schwankte und hielt sich an einer Stuhllehne fest.

»Sie sind nicht in dem Zustand, meine Fragen jetzt gleich zu beantworten, Madam«, zischte der Graf zwischen den Zähnen hervor. »Kommen Sie!«

Emily ließ die Stuhllehne los, machte einen Schritt auf ihn zu und brach zusammen.

Er hob sie auf, und sie lächelte ihm schwindlig zu und lehnte den Kopf an seine Schulter.

»Wir werden morgen früh nach Maxton Court, meinem Landsitz, aufbrechen«, sagte er, »aber heute abend werden

Sie lernen, sich wie eine verheiratete Frau zu benehmen, Madam.«

Auf der Fahrt zurück kam Emily immer wieder einmal zum Bewußtsein, bevor sie vor Trunkenheit endgültig einschlief.

Undeutlich merkte sie, wie er sie nach oben trug.

Sie bemühte sich, wach zu werden, als sie fühlte, wie sich seine Finger an ihren Schleifen zu schaffen machten. Die kalte Luft, die ihren Körper hinabstrich, brachte ihr zum Bewußtsein, daß sie nackt war. Vor Angst versuchte sie zu schreien, aber es kam nur ein murmelnder Protest heraus.

Der Graf streifte sich ebenfalls die Kleider vom Leib und legte sich dann neben seine Frau.

Er nahm sie in die Arme.

»Jetzt, Madam«, sagte er.

Schnarch...

Emily schlief schon fest.

Er stieß sie weg, kletterte noch einmal aus dem Bett, zog sie auf ihre Seite und deckte sie zu. Dann legte er sich wieder neben sie und starrte zum Betthimmel hinauf, während Emily sanft neben ihm schnarchte.

»Ich habe nicht nur die falsche Schwester geheiratet«, murmelte er, »sondern obendrein eine Säuferin!«

Sechstes Kapitel

Maxton Court ragte dunkel und drohend vor dem stahlgrauen Himmel auf.

Mein Grab, dachte Emily und erschauerte. Er wird mich umbringen.

Aber der mutmaßliche Mörder sagte mit ganz normaler Stimme: »Das ist unser Haus. Es gehörte einst einer Familie namens Maxton, von der niemand mehr lebt.«

»Es ist sehr schwarz«, wagte Emily mit unsicherer Stimme zu sagen. Er antwortete nicht. Der aufkommende Wind raschelte in den Bäumen, die die Auffahrt säumten.

Maxton Court war während der Regierungszeit von Jakob I. erbaut worden. Es hatte einen Graben und eine Zugbrücke, weil der erste Maxton nicht recht an die Wirksamkeit von Gewehren und Kanonen geglaubt hatte, obwohl es beide schon eine Weile, bevor er sein Haus hatte bauen lassen, gab. Er hatte mehr Vertrauen zu Burggräben, brennendem Öl und Rüstungen als Schutz gegen Feinde. Das gesamte weiträumige Gebäude war mit Efeu bedeckt, der unruhig im Wind flatterte und ihm ein seltsam schwankendes Aussehen verlieh. Der Graben war entwässert. Als Emily hinunterschaute, während die Kutsche über die Brücke ratterte, konnte sie ein paar Hirsche erkennen, die neben Heuhaufen auf der Wiese grasten.

Die Diener waren alle in der riesigen zugigen Eingangshalle aufgereiht, um ihrer neuen Herrin vorgestellt zu werden. Der Graf freute sich, daß Emily die Situation sehr gut meisterte. Die Diener waren überrascht über das jugendliche Aussehen der neuen Lady Devenham, da sie alle über die Jugendromanze des Grafen Bescheid wußten. Woher sie von dieser frühen Liebe wußten, war schwer zu sagen, denn der Graf hatte nie darüber gesprochen, aber der Klatsch von Dienern überbrückt erstaunlich weite Entfernungen.

Emily war erleichtert, als sie feststellte, daß sie ein eigenes Schlafzimmer mit einem Salon hatte. Félice plauderte munter drauflos, als sie daranging, das Hab und Gut ihrer Herrin auszupacken. Nein, was war das Haus kalt und dunkel! Und alt! Emily antwortete zerstreut. Was hatte ihr Ehemann wohl mit ihr vor?

Als sie am Morgen erwacht war, hatte sie sich krank und hungrig gefühlt. So sehr sie sich auch bemühte, sie konnte sich nicht erinnern, was nach den ersten paar Gläsern Wein in der Schenke von Market Warborough geschehen war. Sie hatte sich alle möglichen Schreckensbilder ausgemalt. Aber Félice hatte sie etwas beruhigt, als sie ihr erzählte, daß Mylord Emily die Treppe hinaufgetragen habe, ohne sie zu wecken, soviel sie wußte.

Ein Lakai klopfte leise an die Tür, um ihr anzukündigen, daß das Abendessen bereit sei, und Emily beendete eilig ihre Toilette und folgte ihm die Treppe hinunter und die kalten, dunklen Gänge entlang.

Der Speisesaal war riesig und ging nach Norden hinaus. Nicht einmal das gewaltige Feuer im Kamin, das groß genug war, um einen Ochsen zu braten, genügte, um die durchdringende Kälte zu mildern.

Der Graf trug einen Abendanzug und saß schon an dem einen Ende der langen Tafel. Emily setzte sich an das andere Ende und starrte ihren Mann über die lange, schmale Distanz von weißem Leinen, Silber und Glas hinweg an.

Es folgte Gericht auf Gericht, aber Emily brachte kaum einen Bissen hinunter.

Schließlich wurde das Tischtuch abgenommen, und man trug Obst, Nüsse und Wein auf. Die Diener zogen sich zurück.

Der Graf sagte: »Wenn du dir bitte ein Glas eingießt und das Wägelchen dann zu mir herunterschickst.«

Emily schaute unsicher auf den kleinen Silberwagen, der neben ihr stand und drei Karaffen enthielt: Portwein, Sherry und Madeira. Sie goß sich ein Glas Madeira ein, stellte die Kristallkaraffe vorsichtig wieder auf das Wägelchen und gab ihm einen Stoß. Eines der Räder schien jedoch zu blockieren. Der Graf seufzte und klopfte ungeduldig mit dem Finger auf den Tisch.

Da gab sie dem Wägelchen einen heftigen Stoß. Die alten Fußböden des Hauses waren uneben, und der Speisesaal war eindeutig abschüssig. Das Wägelchen setzte sich geziemend in Bewegung, gewann aber erheblich an Geschwindigkeit, als es die lange, glänzend polierte Tafel hinabraste. Der Graf streckte eine Sekunde zu spät die Hand aus. Es schoß an ihm vorbei und flog über den Tisch hinaus, setzte die Fahrt fort und fuhr krachend gegen die Wand.

»Es tut mir so leid«, stammelte Emily, »aber weißt du...«

»Macht nichts«, sagte der Graf. Er stand auf und holte das Wägelchen zurück. Sein Inhalt war wunderbarerweise unbeschädigt. Er trug es zur Tafel zurück und goß sich ein Glas Portwein ein. Emily begann nervös zu kichern. Der Graf zog seine schmalen Augenbrauen in die Höhe. Emily begann zu lachen, und je herablassender der Gesichtsausdruck ihres Gatten wurde, desto mehr lachte sie. »Wir sehen so komisch aus«, brachte sie schließlich hervor.

»Wie bitte?« fragte er.

»Da hast du es!« schrie sie. »Du kannst mich kaum verstehen, was nicht im geringsten verwunderlich ist, da du etwa eine Meile von mir entfernt sitzt.«

Der Graf nahm die Karaffe in eine Hand und sein Glas in die andere, ging den Tisch entlang, zog den Stuhl neben Emily heraus und setzte sich.

Das Lachen erstarb Emily auf den Lippen, und sie wich vor ihm zurück.

»Nun«, sagte er ganz ruhig, »wir haben eine Menge zu besprechen.«

»Ja, Devenham«, flüsterte Emily.

Sie ließ den Kopf sinken, und ihre blonden Locken fielen ihr ins Gesicht. Ihr Abendkleid aus goldener Seide war so tief ausgeschnitten, daß er sehen konnte, wie sich ihre wundervollen Brüste schnell hoben und senkten. Er riß sich mühsam von ihrem Anblick los und starrte mit steinerner Miene die Tafel entlang. Die ungeheure Anziehungskraft, die sie auf ihn ausübte, war das Ergebnis seiner übermäßig langen Junggesellenzeit – davon war er überzeugt. Jede andere Frau, die nicht gerade abstoßend war, hätte dieselbe Anziehungskraft auf ihn ausgeübt.

»Die Situation ist folgende«, sagte er, nahm einen Schluck Wein und stellte das Glas bedachtsam auf den Tisch zurück. »Wir befinden uns im Gefängnis einer Ehe, die für uns beide eine Qual ist. Und der Grund dafür ist dein kindisches Theaterspiel und deine Einmischerei.«

Emily wurde rot vor Zorn. Sie war überzeugt, daß ihre Tat nicht ohne einen gewissen Edelmut war.

»Aber wir können jetzt nichts mehr daran ändern. Ich erwarte von dir, daß du lernst, dich in die Rolle einer Gräfin zu fügen. Das ist nicht zuviel verlangt. Ich erwarte, daß du die Gäste, die ich auswähle, mit Würde und Anstand unterhältst. Du wirst nicht viel von mir zu sehen bekommen. Ich habe eine Menge zu tun. Wenn du dich so benimmst, wie ich es für angemessen halte, dann erlaube ich dir kurze Besuche in deinem Elternhaus. Ich wünsche nicht, daß deine Familie hierherkommt. Wenn ich zu dem Schluß gekommen bin, daß du deine Seite des Vertrags erfüllt hast, werde ich dich vielleicht in der kommenden Saison mit nach London nehmen. Irgendwann möchte ich auch einen Erben. Aber diese Dinge wollen wir vorläufig aufschieben.«

»Und was ist deine Seite der Abmachung?« wollte Emily wissen.

»Was?«

»Du hast mich sehr wohl verstanden. Du hast über meine Seite des Vertrags gesprochen. Was siehst du als deine an?«

Der Graf zog ärgerlich die Stirn in Falten. Er dachte angestrengt nach. Er sah eigentlich nicht ein, daß er sich auch an irgendwelche Abmachungen zu halten hatte. Er hatte das Gefühl, daß er sich bewundernswert gütig und würdig verhielt. Aber sie schaute ihn erwartungsvoll an, ihre großen braunen Augen waren unverwandt auf sein Gesicht gerichtet.

Er räusperte sich. »Was mich betrifft«, sagte er, »so will ich mich dir gegenüber in der Öffentlichkeit so verhalten, wie es jeder treue und ergebene Ehemann tun würde. Ich gestehe dir auch ein Nadelgeld zu für Kleider und Flitterkram und die kitschigen Bücher, die dir den Kopf verdrehen.«

»Ich werde sehr einsam sein«, sagte Emily, die an die endlosen Zimmer und Korridore in diesem düsteren Haus dachte. »Ich hätte gerne ein Haustier. Einen Hund oder eine Katze.«

»Nein«, sagte er bestimmt. »Hunde gehören in den Zwinger und Katzen in den Stall oder in die Wirtschaftsräume, um Ratten zu fangen. Ich kann Tiere, die zu nichts nütze sind, nicht dulden.«

»Es ist wirklich ein Wunder, daß du es fertigbringst, mit dir auszukommen«, murmelte Emily.

»Ich arbeite sehr hart, das heißt, wenn ich nicht gerade damit beschäftigt bin, die falsche Frau zu heiraten. Es ist Zeit für dich, mich bei meinem Portwein allein zu lassen.«

»Mit Vergnügen.«

Er stand auf und half Emily von ihrem Stuhl.

»Da ist noch etwas, Devenham«, sagte sie und legte ihm schüchtern die Hand auf den Ärmel. Er schaute mit einer solch heftigen Abneigung auf ihre Hand, daß sie sie schnell wegzog.

»Ja?« sagte er und fragte sich, um welch unwichtige Angelegenheit es ihr nun schon wieder ging. Ihre nächsten Worte machten ihm mit aller Deutlichkeit klar, daß er niemals wissen würde, auf was er als nächstes bei seiner Frau gefaßt sein mußte.

»Wirst du mich umbringen?« fragte sie.

»Ob ich …? Du hast eine blühende Phantasie. Wie kommst du denn auf solchen Unsinn?«

»Ganz einfach«, sagte Emily, die jetzt, wo sie die schrecklichen Worte herausgebracht hatte, ganz ruhig war. »Du hast mich in einen Sack gesteckt und mich gegen den Kopf getreten.«

»Ich habe dich in den Sack gesteckt, um uns einen Skandal zu ersparen. Ich wußte nicht, welchem Teil deines Körpers ich einen Tritt versetzte. Ich habe gehört, daß du niesen mußtest, und ich habe mich bemüht, es zu unterbinden. Hätte ich gewußt, wohin ich trete, hätte ich dich in die Nase getreten.«

»Brutaler Mensch!«

»Mäßige deine Sprache. Außerdem habe ich dich nicht getreten, sondern mit dem Fuß gestoßen.«

»Du hast mich getreten«, sagte Emily mit eigensinnigem Gesichtsausdruck.

»Das habe ich nicht! Ich...« Er preßte den Mund zu einer harten Linie zusammen. Er hatte bis zu diesem Moment nie verstanden, warum verheiratete Paare endlose, sinnlose Streitereien darüber ausfochten, wer wem was angetan hatte. Jetzt hatte er das Gefühl, daß er es wußte.

Er setzte sich wieder an den Tisch und nahm sein Glas in die Hand.

Emily machte vor seinem Hinterkopf einen Knicks und ging steif zur Tür hinaus.

Oben beruhigte sie sich etwas und setzte sich hin, um Mary einen Brief voller Lügen zu schreiben. Eine kurze Weile war Emily glücklich, während sie das Märchen von ihrer Zufriedenheit zu Papier brachte und das Bild einer idealen Partnerschaft entstehen ließ.

Als sie fertig war, streute sie mit einer entschiedenen Handbewegung Sand über die Tinte und versiegelte den Brief. Dann wandte sie ihre Gedanken wieder der unangenehmen Lage, in der sie sich befand, zu.

Nun, so übel ist sie letzten Endes gar nicht, sagte sie sich. Sie war eine Gräfin, und das war immerhin etwas. Außerdem hatte sie dieses wundervolle Haus. Im Moment pfiff der Wind im Efeu und jagte eine Rauchwolke den Kamin herab. Emily nahm sich einen Schal und legte ihn um ihre Schultern. Ein wundervolles Haus, wiederholte sie mit wilder Entschlossenheit.

Die Möbel in ihrem Schlafzimmer waren dunkel und massiv und stammten aus der Zeit Jakobs I. Ich glaube nicht, daß auch nur ein neues Stück angeschafft wurde, seitdem das Haus erbaut wurde, dachte Emily. Es würde Spaß machen, es neu einzurichten. Aber wahrscheinlich mag es der alte fade Peregrine genau so, wie es ist. Immerhin war es das Haus seiner Vorfahren. Zur Verbesserung ihrer Lage trug allerdings bei, daß sie nicht mehr unmittelbar von irgendwelchen erschreckenden Intimitäten, die die Ehe mit sich brachte, bedroht war. Und drittens fand sie vielleicht ein paar nette Freunde in der hiesigen Grafschaft, die sie die Eintönigkeit ihrer Tage leichter ertragen ließen. Das erste Mal in ihrem Leben würde sie von der Gesellschaft akzeptiert werden. Während sie sich tapfer einredete, daß die Dinge keineswegs schlecht standen, machte sie sich zum Schlafen fertig. Aber es dauerte sehr lange, bis sie Schlaf fand. Trotz Devenhams Versprechen starrte sie ständig auf die Tür, weil sie erwartete, daß er jeden Moment eintreten würde.

Sie lag bewegungslos da, bis sie ihn schließlich die Treppe heraufkommen hörte. Aber er ging an ihren Räumen vorbei. Sein gleichmäßiger Schritt auf dem Korridor verlangsamte sich keinen Moment.

Dann schlief Emily ein.

Während der nächsten Wochen wurde Emily in Atem gehalten. Sie hatte noch nicht die feine Art gelernt, Besuchern sagen zu lassen, sie sei nicht zu Hause, und so saßen im Salon von Maxton Court oft zehn Leute zugleich.

Weil sich die Nachricht von der Gastfreundschaft der hübschen kleinen Gräfin rasch verbreitete, kamen immer mehr Leute, ihr einen Besuch abzustatten, Leute, die vorher nie einen Fuß in Maxton Court gesetzt hatten, aber Emily wußte das nicht.

Sie führte sorgfältig Tagebuch über ihre Besucher und hob deren Visitenkarten auf, damit sie ihrem Mann am Abend etwas erzählen konnte.

Aber der Graf kam nicht. Er verbrachte den Großteil des Tages auf seinen Gütern. Er fuhr in die benachbarte Grafschaft zu einem Boxkampf. Er verbrachte zwei Wochen in London. Wenn er einmal flüchtig zu Hause vorbeischaute, nahm er sein Abendessen auf einem Tablett in der Bibliothek ein.

Das Wetter war kalt und windstill; das ganze Land lag unter einer dicken Frostdecke, die in der roten Wintersonne glühte und glitzerte.

Gelangweilt und doch ruhelos, ließ sich Emily die Kutsche kommen und begann nun ihrerseits Besuche zu machen.

Da waren der Pfarrer, Mr. Graham, und seine Frau Martha samt ihrer zahlreichen Nachkommenschaft in dem verwohnten Pfarrhaus. Ein langweiliger, aber netter Nachmittag.

Dann waren da noch die Misses Parsons, zwei alte Jungfern, die in vornehmer Armut in einem feuchten Cottage gleich neben der Kirche wohnten. Ein sehr erfreulicher Besuch.

Der Squire, Sir Basil Leech, und seine beiden dicken, fröhlichen Töchter kamen als nächstes an die Reihe. Nach ihnen Lord und Lady Nightingale, kühl und einschüchternd und herablassend. Sie hatten von der niederen Herkunft der neuen Gräfin erfahren. Emily beschloß, sie nicht wieder zu besuchen.

Ihrer neuen Pflichten eingedenk, wandte sie ihre Aufmerksamkeit dann den Pächtern und Landarbeitern zu. Etwa um diese Zeit herum begann Emily ihr Leben wieder zu genießen. Sie war eine gute Zuhörerin und dürstete nach Gesellschaft. Es gefiel ihr, den Leuten zu helfen, und sie war erstaunt, wie dankbar sie für die kleinste Gefälligkeit sein konnten. Sie machte sich mit Satteltaschen voll Arzneien, mit Kuchen, Biskuit und Konfekt und Wein auf den Weg.

Sie beschenkte nur die Armen, da sie sich nicht dem Vorwurf aussetzen wollte, daß sie die Vorräte ihres Mannes Leuten gab, die sie gar nicht nötig hatten.

Ihre luxuriösen, empfindlichen Kleider wurden ihr allmählich lästig, und deshalb ritt sie meistens in einem strengen, männlich geschnittenen Reitkostüm und einem kleinen steifen Hut mit einem Schleier aus.

Manchmal dachte sie, daß ihr Mann ihren Umgang mit den Landarbeitern nicht gutheißen würde, und sie fuhr erschrokken zusammen, als er eines Tages von der Hauptstadt zurückkam und – offensichtlich auf der Suche nach ihr – sie auf dem Boden eines Arbeiter-Cottage antraf, wo sie mit dem Kind spielte.

Aber er sagte nur in freundlichem Ton, daß er gekommen sei, um sie nach Hause zu begleiten.

Seine Miene war aber so grimmig und drohend, daß Emily das Herz bis in die praktischen Stiefel rutschte. Sie wollte sich nicht eingestehen, daß sie die Erinnerung an jenen einen und einzigen Kuß oft während der langen, kalten Nächte plagte und daß ihr das fehlende Liebesleben in ihrer Ehe das Gefühl gab, keine richtige Frau zu sein.

Sie kam zu dem Schluß, daß der Graf ärgerlich sei, weil er offenbar dachte, sie habe sich in dem Cottage des Gutsarbeiters so wohl gefühlt, weil sie selbst aus einfachen Kreisen stammte. Dem Grafen hatte der Anblick seiner Frau tatsächlich einen schweren Schlag versetzt. Gerade weil ihr Kostüm so männlich streng geschnitten war, wirkte sie äußerst reizvoll und weiblich auf ihn. Er hatte, bevor er nach Hause ritt, im Gasthaus haltgemacht und von ihrer großen Beliebtheit im Dorf gehört. Er war erstaunt und entzückt über Emily, und, ja, er mußte es sich einfach eingestehen, er war stolz auf sie. Die Reize von Mrs. Cordelia Haddington, die er vor gar nicht langer Zeit genossen hatte, hatten ihn die Demütigungen, die er durch die Ansteys erfahren hatte, vergessen lassen. Da Mrs. Haddington eine Witwe war, die zur guten Gesellschaft gehörte, und ganz bestimmt keine Angehörige der Halbwelt – sonst hätte er sie sich, als er noch Captain war, auch gar nicht leisten können –, wußte er, daß sie sich eine Heirat erhofft hatte, und fürchtete eine entsprechende Szene.

Aber die großzügige Cordelia hatte ihn wieder in ihrem Leben, ihrem Bett und ihren ach so erfahrenen Armen aufgenommen, ohne sich auch nur mit einem Wort zu beklagen. Er genoß ihre boshaft geistreiche Zunge und ihre mitfühlende Anteilnahme und hatte ihr, bevor er recht wußte, was er tat, schon von den Problemen und Schwierigkeiten seiner Ehe erzählt.

Jetzt, wo Emily neben ihm in der Kutsche saß, hatte er das Gefühl, er habe sich treulos verhalten, und er gab Emily die Schuld für dieses unangenehme Gefühl, so widersinnig das war. Emilys Stimmung wurde zunehmend gedrückter, weil ihrem Mann der Duft einer anderen Frau anhaftete. Er roch nicht etwa nach Parfüm. Aber er hatte so etwas Gewisses an sich, die Haut um seine Lippen sah irgendwie benutzt aus und... ach, es war nichts, was sie wirklich erklären konnte.

Um so mehr überraschten sie seine nächsten Worte. »Ich freue mich sehr über dein Verhalten, Emily. Für deine Besuche bei den Pächtern bin ich dir sehr dankbar, und es erspart mir eine Menge Arbeit, wenn du mir eine Liste der Leute aufstellst, um die man sich kümmern muß, und der Leute, die sich beklagen, daß ihr Häuschen repariert werden muß. Ich kann mich dann selbst diesen Dingen widmen, wenn du weg bist.«

»Weg? Weg? Wohin?«

»Nach Hause. Ich dachte, du würdest deine Schwester gerne besuchen.«

Der Graf war überrascht, als er sah, daß ein Schatten über Emilys Gesicht flog. Er wußte nicht, daß sie Angst davor hatte, nach Hause zurückzukehren, wo sie wieder die Rolle jener leichtfertigen Emily, die sie am Hochzeitstag gespielt hatte, übernehmen mußte.

»Und was wirst du tun?« fragte sie.

»Tun? Ich habe eine Menge zu tun. Der Boden muß mit Ton und Mergel bearbeitet werden, ich will eine andere Bewirtschaftung einführen. Auf die Weise kann ich Weizen anbauen, wo vorher nur Roggen gewachsen ist. Wir müssen bessere Zuchttiere und moderne landwirtschaftliche Geräte kaufen. Hungrige Arbeiter sind schlechte Arbeiter, genauso wie hungrige Soldaten schlechte Soldaten sind. Wir müssen uns um das Wohlergehen unserer Pächter und ihrer Knechte und Mägde kümmern. Ich muß für die Erziehung ihrer Kinder sorgen. Dumme Bauern sind auch schlechte Bauern.«

»Und was ist mit *ihr?*« fragte Emily tonlos. »Kommt sie, sobald meine Koffer gepackt sind?«

Er warf ihr einen blitzschnellen Blick zu und fuhr fort, als hätte er sie nicht gehört. »Salmon, der Gutsverwalter des Herzogs von Bedford, hat zahlreiche landwirtschaftliche Geräte erfunden, die ich gerne hier einsetzen würde...«

»Du hast meine Frage nicht beantwortet.«

»Taktlose Fragen beantworte ich grundsätzlich nicht.«

Er streckte seine langen Beine aus.

Emily brannte vor Eifersucht, auch wenn sie nicht wußte, daß es dieses Gefühl war, das sie zur Weißglut brachte.

Er war ihr Eigentum, dieser ihr angetraute Mann. Er wirkte so unnahbar und abweisend, daß ihr der Gedanke unerträglich schien, daß eine andere Frau die Zauberkraft hatte, diesen harten Mund zum Kuß zu öffnen und diesen starken muskulösen Körper...

Die Tränen stiegen Emily in die Augen, und sie wandte den Kopf ab.

»Gut, ich werde nach Hause fahren«, sagte sie.

»The Elms« war insofern ganz unverändert, als sich sämtliche Einrichtungsgegenstände und Tapeten verändert hatten. Emilys altes schmales Bett hatte man hinausgeworfen und durch ein großes Himmelbett ersetzt – ohne Zweifel, um für ihren Mann Platz zu schaffen, wenn sie ihn mitbrachte.

Emily machte ihren Eltern die große Freude, sich überall zur Schau stellen zu lassen. Noch mehr entzückte sie sie dadurch, daß sie so tat, als hätte sie sich die übelsten Manieren ihres Gatten angeeignet. Mary fand insgeheim, daß sich Emily wirklich sehr schlecht benahm, aber Mr. und Mrs. Anstey versicherten einander hocherfreut, daß ihre kleine Emily jetzt jeder Zoll eine Gräfin sei und so wunderbar gelernt habe, über jedermann die Nase zu rümpfen, daß sie die ganze Grafschaft in den Schatten stellte.

Mary hatte sich darauf gefreut, Emily für sich zu haben, um herauszufinden, was wirklich vorging, aber zu ihrem Entsetzen legte Emily ihr neues Gehabe auch im Haus und in den privaten Gemächern nicht ab. Es war, als lebte eine unangenehme fremde Person im Haus.

In die Zeit, die Emily im Elternhaus verbrachte, fiel Weihnachten, und Mary hoffte, daß ihre Schwester den Schutzpanzer, mit dem sie sich umgab, ablegte. Sie war davon überzeugt, daß Emily das Fest lieber in Maxton Court verbracht hätte; schließlich war das jetzt ihr Zuhause.

Der Graf hatte sie großzügig mit Nadelgeld ausgestattet. Deshalb war Emily in der Lage, teure Geschenke zu kaufen. Allerdings war das eigentlich nichts Neues, denn sie war immer sehr gut versorgt gewesen. Emily wurde von Visionen über das Weihnachtsfest in Maxton Court heimgesucht, in denen jene unbekannte Dame ihren Platz an der Tafel einnahm und die Bewohner der Grafschaft willkommen hieß.

Die Ehe war nicht vollzogen worden. Soviel war Emily klar, obwohl sie immer noch nicht recht wußte, was mit dem Vollzug eigentlich gemeint war. Devenham konnte seine Anwälte beauftragen, die Hochzeit für ungültig zu erklären.

Dann wärst du frei, machte ihr ihr stets waches Bewußtsein klar.

Nicht ohne Kampf, entgegneten ihre unlogischen Gefühle.

Du bist wie ein Hund, der einen Knochen hat, fuhr sie ihr Bewußtsein an. Du willst ihn nicht, aber du willst auch nicht, daß ihn jemand anders bekommt.

Was ist daran so falsch? spotteten ihre Gefühle.

Und so ging der Kampf in Emilys Kopf weiter, während das Weihnachtsfest und die damit verbundenen Feiern vorübergingen. Devenham hatte gesagt, er werde die Kutsche schicken, um sie zu holen, aber der Dezember wurde zum Januar, und noch immer kam die Kutsche nicht. Emily wurde es müde, die hochmütige Gräfin zu spielen. Sie wurde immer schmaler und blasser.

»Mit ihr stimmt etwas nicht«, wandte sich Mary vertrauensvoll an Mr. Cummings. »Man hat das Gefühl, man ist mit einer Schauspielerin zusammen.«

»Auf unserer Ehe wird auch nicht der kleinste Schatten liegen«, sagte Mr. Cummings und küßte sie so leidenschaftlich, daß Mary die Sorgen um ihre Schwester zumindest für eine Weile vergaß.

Als Mary jedoch nach Hause kam und an Emilys Zimmer vorbeiging, hörte sie sie zu ihrem Kummer laut weinen.

Sie stieß leise die Tür auf und ging hinein. Das Zimmer lag im Dunkeln. Sie zündete die Kerzen an und sprach die schluchzende Gestalt auf dem Bett an.

»Emily, ich bin es, Mary. Was ist los?«

»Er hat jetzt erst an mein Weihnachtsgeschenk gedacht«, kam eine abweisende, erstickte Stimme vom Bett.

»Devenham? Die Wege waren schlecht passierbar, Emily. Es ist möglich…«

»Schau!« Emily hob ihr tränennasses Gesicht vom Kissen. Auf dem Bett lag eine geöffnete Schmuckschatulle. Eine Goldkette mit Granaten funkelte im Kerzenlicht.

»Sie ist ungewöhnlich schön«, sagte Mary.

»Lies den Brief.«

Mary nahm das zerknitterte Pergamentpapier in die Hand und strich es glatt.

»Liebe Emily«, las sie. »Ein Weihnachtsgeschenk für dich. Die Kutsche kommt am zweiundzwanzigsten des Monats, um dich heimzubringen. D.«

»Ich kann nicht sehen, was dich so bekümmert«, sagte Mary vorsichtig. »Er hat mir auch solche Briefe geschrieben, wenn du dich erinnerst. Es scheint ihm nicht zu liegen, seine Liebe in Worten auszudrücken.«

»Du hast recht«, sagte Emily und rieb sich die Augen. »Es war nur, weil ich gedacht habe, daß mit der Entfernung vielleicht...«

»Die Liebe wächst«, beendete Mary den Satz für sie. »Emily, sag mir die Wahrheit. Ich habe mich mit dem Gedanken getröstet, daß du glücklich bist, wenn du auch ungewöhnlich hochmütig und hart geworden zu sein schienst. Ich werde Mr. Cummings heiraten, und das habe ich nur deinem tapferen Einschreiten zu verdanken. Wir haben Papa noch nicht gefragt, aber ich bin mir sicher, daß er uns seine Einwilligung geben wird. Bitte, sag mir die Wahrheit über deine Ehe.«

»Oh«, stöhnte Emily unglücklich, »ich wollte nicht, daß du es erfährst. Es ist eigentlich alles in Ordnung. Es ist nur...«

Sie erzählte Mary die ganze Geschichte. Wie sie in ihrer Hochzeitsnacht weggelaufen war, wie wütend Devenham auf sie gewesen war, und daß sie ihn in Verdacht hatte, eine andere Frau zu haben.

»Du darfst nicht zu ihm zurückgehen«, sagte Mary entschlossen. »Ich werde Papa sagen, daß seine Anwälte die Heirat für ungültig erklären müssen. Da du ja keine eheliche Beziehung mit ihm hattest, sollte es eigentlich nicht schwierig sein, die Angelegenheit zu bereinigen. Beruhige dich, Emily, es ist nicht notwendig, daß du zurückgehst.«

Emily verzog trotzig die Lippen. Mary konnte sie nicht verstehen. Wenn ihr Mann sie nicht vermißte, so gab es doch viele andere Leute, die sie vermißten – die Pächter, die Misses Parsons, oh, so viele. Und sie war seine Frau. Keine andere Frau sollte ihr diese Rolle streitig machen. Sie wollte um ihn kämpfen.

»Ich gehe zurück«, sagte sie.

»Ich lasse dich nicht gehen!« rief Mary aus. »Du hast genug gelitten.«

»Ich leide nicht«, erwiderte Emily müde. »Ich bin nur völlig durcheinander. Ich glaube nicht, daß ich hier wieder leben könnte, Mary. Ich liebe dich, und, ja, ich liebe Mama und

Papa. Aber in Maxton Court, da gibt es so viele Leute, denen man helfen kann, und ich kann so viele nützliche Dinge tun. Ich könnte beim besten Willen nicht mehr in dieses eintönige Leben zurückkehren.«

Aber Mary, die Malden Grand im Moment für den schönsten Ort der Welt hielt, da hier Mr. Cummings lebte, verstand sie nicht. Es war doch alles ganz einfach. Devenham hatte sich als Ungeheuer erwiesen, Emily war unglücklich, und deshalb mußte man Mittel und Wege finden, die Ehe zu beenden. Mary beschloß, am nächsten Morgen mit ihren Eltern darüber zu sprechen.

Sie versuchte, weiter auf Emily einzureden, aber es gelang ihr nicht, sie zu überzeugen.

Als Emily schließlich wieder allein war, schalt sie sich für ihre Schwachheit. Sie mußte doch nur bis zum Zweiundzwanzigsten warten. Das ist doch schon morgen! rief eine erschrockene Stimme in ihrem Kopf. Ihr erster Gedanke war, Mary zurückzurufen. Aber dann wurde ihr klar, daß ihre Schwester ihre Anstrengungen, sie zum Bleiben zu bewegen, nur verdoppeln würde.

Emily klingelte nach Félice und beauftragte sie, auf der Stelle mit Packen zu beginnen. Dabei übersah sie geflissentlich den mürrischen Ausdruck im Gesicht der Zofe. Félices zweiter Lakai war immer noch im Haushalt der Ansteys beschäftigt und hatte bis jetzt keinerlei Anstalten gemacht, sich in Maxton Court um eine Anstellung zu bewerben.

Im Zimmer nebenan war Mary erschöpft vor Kummer eingeschlafen. So merkte sie gar nicht, daß in Emilys Schlafzimmer in rasender Eile gepackt wurde.

Emily packte ihr eigenes Weihnachtsgeschenk für ihren Mann liebevoll ein und dachte dabei mit schlechtem Gewissen, daß sie es ihm nicht geschickt hatte. Und sie hatte sich darüber aufgeregt, daß seines zu spät eingetroffen war! Ihr Geschenk war eine Krawattennadel mit einem lupenreinen Diamanten, den ihr willfähriger Vater in der Stadt gekauft und hier beim Juwelier hatte fassen lassen.

Der Haushalt der Ansteys wurde am nächsten Morgen durch die Ankunft der Kutsche des Grafen, die kurz vor dem Frühstück die Auffahrt heraufgerollt kam, aufgeschreckt. Über all der Aufregung des Abschiednehmens fand Mary gar keine Zeit mehr zu protestieren.

Mary versetzte die Vorstellung, ihren Eltern die Wahrheit über Emilys Ehe zu sagen, in große Angst. Sie waren so stolz und glücklich, und Emily hatte wieder die hochmütige Maske der Gräfin aufgesetzt.

Aber als dann die Kutsche davonrollte, warf Mary einen letzten Blick auf die schmaler und blasser werdende Emily, die in Pelze gehüllt darin saß und lässig mit der Hand winkte, und sie beschloß, daß sie keine Zeit verlieren dürfe. Sie schickte einen Diener los, der Mr. Cummings holen sollte, und ging ins Haus, um Kriegsrat zu halten.

Siebtes Kapitel

Es war ein stiller, kalter Tag. Die Wolken hingen tief und kündigten Schnee an. Die gut gefederte Reisekutsche ratterte mit beachtlicher Geschwindigkeit über die hartgefrorenen Straßen.

Emily gegenüber saß Félice, die fest schlief. Ihr Kopf bewegte sich im Rhythmus der Kutsche von einer Seite zur anderen. Das Mädchen hatte seine gute Laune wiedergewonnen. Der zweite Lakai hatte ihr nämlich versprochen, so bald wie möglich zu ihr zu kommen, und es war schließlich eine feine Sache, in einem vornehmen Haus Zofe zu sein.

Sie sollten die Reise in demselben Gasthaus unterbrechen, in dem Emily nach ihrer Hochzeit übernachtet hatte.

Auf einmal brachen die Pferde aus, und die äußeren Räder der Kutsche gerieten in den Straßengraben. Emily rückte ihren Hut zurecht und beruhigte Félice, die mit einem Schrekkensschrei erwacht war und »Räuber!« rief.

»Wahrscheinlich lag ein großer Stein oder ein Brocken Eis auf der Straße«, meinte Emily besänftigend.

Die Kutsche neigte sich zur Seite und schwankte, als der Kutscher und die Diener vom Dach kletterten. Das fleischige Gesicht des Kutschers erschien am Fenster.

»Es war eine Katze, Mylady. Nicht der Rede wert. Wenn Mylady aussteigen würden; wir legen Torfballen unter die Räder und ziehen die Kutsche heraus.«

»Wo ist die Katze? Ist sie verletzt?« fragte Emily und kletterte fröstelnd aus der Kutsche.

»Keineswegs, Mylady. Das Mistvieh sitzt da drüben im Graben.«

Während Félice neben der Kutsche stand und ängstlich die

Straße entlang spähte, um nach Räubern Ausschau zu halten, lief Emily zum Graben auf der anderen Straßenseite hinüber. Hinter ihr machten sich die Diener ans Werk und schoben Torfballen und Steine unter die Räder, damit sie die Kutsche heben konnten.

Miau. Ein schwacher, kläglicher Ton. Emily teilte ein Büschel hoher, gefrorener Gräser und blickte hinein. Ein junges Kätzchen schaute sie aus grünen Augen unverwandt an. Es war mitleiderregend dünn, ein Ohr war verletzt. Sein graues Fell war schwarz gestreift; wenn es sich bewegte, konnte man die zarten Rippen unter dem staubigen Fell deutlich erkennen.

»Ach, du armes kleines Ding«, sagte Emily und kniete sich auf die Straße, ohne auf ihr Gewand zu achten. Sie streckte die Hand aus. Das Kätzchen schnüffelte vorsichtig daran.

Emily faßte ins Gras, ergriff das Kätzchen und drückte es an die Brust. Dabei schützte sie es mit ihrem Pelzmuff vor der Kälte. Es schloß die Augen halb und begann zu schnurren – so laut, daß der kleine, ausgemergelte Körper vor Anstrengung vibrierte.

»Du kommst mit mir«, flüsterte Emily. »Und es ist mir ganz egal, was er sagt. Auf jeden Fall geht es dir sogar in den Wirtschaftsräumen von Maxton Court besser als hier draußen in der Kälte.«

Das Kätzchen schnurrte noch lauter, und mit seinem Schnurren vertrieb es die Angst und die Einsamkeit ein bißchen aus Emilys jungem Herzen.

Félice kam mit vorwurfsvollem Blick herüber. »Lassen Sie das scheußliche Ding laufen, Mylady«, rief sie aus. »Denken Sie bloß an die Flöhe!«

Mit einem letzten Ruck wurde die Kutsche wieder auf die Straße gehoben, und zwei Lakaien eilten herbei, um die Türe zu öffnen und den Damen beim Einsteigen zu helfen.

»Ich nehme dieses Kätzchen mit«, erklärte Emily und kletterte in die Kutsche.

»Aber Mylady, es ist doch bekannt, daß Seine Lordschaft

keine Tiere im Haus duldet. Das weiß ich, denn die Haushälterin, Mrs. Macleod, hat es dem Butler gesagt, und er...«

»Félice! Ich nehme das Tier mit. Ich habe diesen Wunsch geäußert, und damit genug!«

Félice beäugte die Katze mißtrauisch. Sie mochte keine Tiere, und Katzen haßte sie sogar. Bevor sie die Stelle bei den Ansteys angetreten hatte, war sie bei einer Mrs. Baxter Zofe gewesen, die fünf von den Biestern gehabt hatte, und es war Félices Aufgabe gewesen, nicht nur ihre Herrin, sondern auch die schrecklichen Katzen zu pflegen. Das war der Grund, warum Félice zu den Ansteys gegangen war.

Das Haus der Ansteys hatte Félices französische Hausfrauenseele hoch erfreut. Alles war so neu, so sauber, so frei von Tier- und Menschenhaaren.

Das Mädchen beschloß, den Mund zu halten. Aber wenn sie die Fahrt am Abend unterbrachen, würde sie schon einen Weg finden, das Tier wegzujagen. Bei *einem* Tier, so dachte Félice düster, würde es nicht bleiben, und sie wäre den ganzen Tag damit beschäftigt, Leber zu hacken und Untertassen mit Milch herbeizuschaffen.

Als ob sie diesem Gedanken Nachdruck verleihen wollte, sagte ihre Herrin: »Wir werden unsere Fahrt für heute bald beenden und das arme Ding füttern können.«

Félice erschien das Schnurren des armen kleinen Dings, das auf diese Ankündigung erfolgte, wie das Brüllen eines Löwen.

»Ich werde dich Peter nennen«, sagte Emily zu dem Kätzchen, »weil du ein kleiner Fels gewesen bist, ein kleiner Fels am Straßenrand.«

Félice schloß verzweifelt die Augen. Wenn sie einmal anfingen, derartigen Unsinn zu reden, dann war das der Anfang vom Ende. Diese Engländer! Die Katzen ließen sie auf Kissen schlafen, und die Kinder schickten sie zur Arbeit in die Fabriken!

Dann sah sie etwas, was sie von ihrem Ärger ablenkte.

»Schauen Sie nur, Mylady«, rief sie aus. »Schauen Sie sich den Schnee an!«

»Ach du meine Güte!« sagte Emily. »Ich hoffe, wir kommen gut an. Man kann ja kaum noch etwas sehen.«

Der Schnee stürmte in großen weißen Flocken vom Himmel und nahm ihnen in kürzester Zeit die Sicht. Emily stand auf und öffnete die Klappe im Dach. Eisige Schneeluft schlug ihr ins Gesicht. »John!« rief sie. »Wie weit ist es noch bis zur Poststation?«

»Nur noch etwa fünf Meilen, Mylady«, ertönte die beruhigende Stimme des Kutschers. »Der Herr hat damit gerechnet, daß das Wetter schlecht sein könnte, und hat deshalb gesagt, wir sollen nicht zu weit von Malden Grand Quartier machen.«

»Na also«, sagte Emily zu Félice. »Wir werden bald in Sicherheit sein. Ob wir unsere Reise morgen früh fortsetzen können, ist eine andere Sache.«

Es ist ja nicht so, daß es ihm etwas ausmacht, wenn ich im Schneesturm umkomme, sagte eine traurige kleine Stimme in ihrem Kopf, und sie umschlang das Kätzchen, um sich zu trösten.

Die Mütze in der Hand, stand Bauer Althorp am selben Tag zu einer früheren Stunde im Gutskontor des Grafen. Der Kopf brummte ihm von all dem Gerede über neue Getreidesorten und Bodenverbesserungen.

»Hm, Mylord«, sagte er, »das ist ja alles sehr interessant. Der alte Graf hat sich nie den Kopf über so etwas zerbrochen.« Er gab damit zu verstehen, daß man das von einem richtigen Grafen auch gar nicht erwartete.

Bauer Althorp blieb zögernd im Türrahmen stehen. »Werden wir Ihre Ladyschaft bald wieder bei uns sehen?« fragte er. Er lief rot an und verfluchte in Gedanken seine Frau, die ihn hartnäckig dazu getrieben hatte, so zudringlich zu sein.

Aber der Graf erwiderte erstaunlich milde: »Ich erwarte

Lady Devenham morgen. Sie reist heute aus ihrem Elternhaus ab.«

»Aber doch nicht heute!« sagte der Bauer.

»Warum nicht?«

»Es kommt ein schlimmer Schneesturm, Mylord.«

»Sind Sie sicher?« Die Gesichtszüge des Grafen wurden scharf vor Besorgnis. Bauer Althorps Fähigkeit, das Wetter vorherzusagen, war bereits legendär.

»Todsicher, Mylord.«

Als der Bauer gegangen war, saß der Graf da und schaute zum drohenden Himmel auf. Wenn Bauer Althorp sagte, es werde einen schlimmen Sturm geben, dann meinte er einen sehr schlimmen Sturm. Der Graf ging in Gedanken die Diener durch, die er geschickt hatte, um Emily abzuholen. Der Kutscher John war alt, aber er hatte einen vernünftigen Kopf auf den Schultern. Der Stallbursche war ein kräftiger junger Mann, und die zwei Lakaien waren bestimmt jung und gesund genug, um auf die Sicherheit ihrer Herrin zu achten. Sie waren alle dazu erzogen, ihm bedingungslos zu gehorchen, und er hatte befohlen, die Reise in kleinen Etappen hinter sich zu bringen, wenn das Wetter nicht gut aussah. Es bestand also kein Grund zur Sorge.

Aber er wußte nicht, wie sich Emily verhalten würde.

Sie war sehr jung und ziemlich unüberlegt. Er hatte sich nach Kräften bemüht, sie nicht zu vermissen, doch zu seinem Ärger mußte er feststellen, daß er viel über sie nachgedacht hatte.

Er hatte Weihnachten nicht in Maxton Court, sondern in London mit seiner Mätresse, Mrs. Cordelia Haddington, verbracht. Da es durchaus *comme il faut* war, eine Mätresse zu haben, egal wie frisch verheiratet man war, und da Mrs. Haddington eine Dame aus besten Kreisen war, hatte man ihn bei zahlreichen gesellschaftlichen Anlässen in ihrer Begleitung gesehen. Er hatte gedacht, daß der Klatsch und Tratsch der feinen Leute bestimmt nicht zu den unfeinen Ansteys in Malden Grand dringen würde, und dabei ganz vergessen, daß die

Ansteys durch die Verheiratung ihrer Tochter mit ihm jetzt durchaus zur feinen Gesellschaft gehörten.

Mrs. Haddingtons Reize waren ihm allzu voll erblüht erschienen und ihr Benehmen zunehmend besitzergreifender. Je schuldiger sich der Graf fühlte, weil er Emily betrog, desto entschlossener wollte er sich beweisen, daß sie ihm nichts bedeutete. Mochte sie doch im Schneesturm umkommen.

Aber er war dann eigentlich doch nicht sehr überrascht, als er sich zehn Minuten später in den Stallungen fand, wo er sein Pferd satteln ließ und seinen Diener John Phillips beauftragte, sich fertigzumachen, um seinen Herrn zu begleiten.

Sie waren schon auf halbem Wege, und es war noch keine einzige Schneeflocke gefallen. Der Graf kam sich allmählich wie ein Narr vor und war drauf und dran umzukehren.

Da spürte er, wie eine kleine Schneeflocke seine Wange streifte, und dann folgte noch eine und noch eine.

»Da kommt er, Mylord«, rief John. Und da kam er – ein tosender, weißer, alles verschluckender Schneesturm.

Der Graf stemmte sich gegen den Sturm und trieb sein Pferd an.

An diesem Januartag wurde es schon dunkel, als sich Emily, Félice und die Diener zu Fuß zum Gasthaus durchkämpften. Sie waren vom Weg abgekommen und mitten auf einem Feld stehengeblieben, wo sie den Reisewagen halb im Schnee vergraben zurückgelassen hatten. Trotz Emilys Einspruch hatten die Diener darauf bestanden, die Koffer mitzunehmen. Sie hatten beschlossen, lieber zu laufen, als die Gefahr einzugehen, von einem strauchelnden Pferd in eine Schneewehe geworfen zu werden. Der Kutscher, der die Pferde führte, bildete die Nachhut. Emily ging mit dem Kater Peter, der sich in ihren Pelzmuff verkrochen hatte, voran. In der anderen Hand trug sie eine Hutschachtel an den Schlaufen.

Der frühe Einbruch der Dunkelheit half ihnen, den Weg zu finden, denn trotz des tobenden Schneesturms sahen sie schwach die Lichter des Dorfes glimmen.

Der Wirt kam ihnen eilfertig entgegen und versicherte, daß sie ein gemütliches Feuer und ein gutes Essen erwarte. »Und ein bißchen Milch und Futter für mein Kätzchen«, sagte Emily.

»Nun – hm – Mylady, wenn Sie mir das kleine Ding vielleicht geben wollen, dann bringe ich es in die Küche.«

»Nein«, sagte Emily entschieden. »Ich will es bei mir behalten.«

Félice verdrehte die schwarzen Augen verzweifelt nach oben zu den Dachbalken. So schnell hatte übertriebene Katzenliebe von Emily Besitz ergriffen!

Emily hatte das Gefühl, daß sie alle viel zu erschöpft seien, um sich an die Etikette zu halten, und bestand darauf, daß sie zusammen im Speiseraum des Gasthofes aßen, nachdem die Pferde trockengerieben, gefüttert und untergebracht waren.

Als das Essen serviert wurde, bereute sie ihre spontane Regung, sich mit den Dienern an einen Tisch gesetzt zu haben. Félice fühlte sich zwar recht wohl, obwohl ihre schwarzen Augen immer wieder zu dem kleinen Kater hinunterglitten, der geduckt auf dem Boden kauerte und schmatzend seine Milch aus einer Untertasse schleckte. Aber die männlichen Diener waren schweigsam und verlegen, und Emily merkte, daß sie ohne sie viel glücklicher gewesen wären. Auf der anderen Seite war sie viel zu hungrig, als daß es ihr viel ausgemacht hätte.

Schließlich entschuldigte sich Félice und sagte, sie wolle nach oben gehen und die Koffer von Mylady auspacken.

»Und ich werde Ihre kleine Katze gleich mitnehmen«, sagte sie übertrieben gefühlvoll und beugte sich über Peter, der vor ihr zurückschreckte.

»Laß ihn«, sagte Emily. »Ich bringe ihn gleich hinauf.«

»Aber es ist besser, es jetzt heimlich zu machen«, drängte Félice. »Die Wirte mögen es oft nicht, wenn man Tiere in die Schlafzimmer bringt.«

»Also gut«, stimmte Emily zu. »Ich komme gleich nach.

Oh, sei doch nicht so grob, Félice!« Félice hatte das Kätzchen im Genick gepackt.

Félice lächelte kriecherisch und ging hinaus, den Kater fest an die Brust gedrückt.

Die Zofe ging nach oben in das Schlafzimmer, wo ein loderndes Feuer im Kamin brannte. Das Zimmer war blitzsauber.

Félice trat ans Fenster und entriegelte es mit der Hand, während sie mit der anderen Peter festhielt, der protestierend miaute. Das Fenster sprang hoch, und der Schnee stob ins Zimmer. Félice warf die Katze in möglichst weitem Bogen hinaus, zog das Fenster wieder herunter und machte sich daran, die schmelzenden Schneeflocken vom Boden zu wischen.

Das hätten wir, dachte die Zofe, und ihre Laune besserte sich zusehends. »Leb wohl, Katze! Ich werde sagen, daß du weggerannt bist.«

Aber Félices Mut sank, als ihre Herrin ungefähr zehn Minuten später mit einem Schüsselchen mit gehackter Leber das Zimmer betrat.

»Peter!« rief Mylady. »Schau nur, was ich für dich habe. Komm, puss, puss, puss!«

Félice preßte die Lippen zusammen und deckte das Bett auf.

»Wo ist das Kätzchen?« fragte Emily in scharfem Ton.

»Ich weiß es nicht, Mylady«, sagte das Mädchen, ohne sich umzudrehen. »Vielleicht ist es weggelaufen.«

»Nichts da vielleicht«, fuhr Emily sie an. »Was hast du mit ihm gemacht?«

»Ich? Aber gar nichts, ich versichere es Ihnen, Mylady.«

Emily kroch auf allen vieren im Zimmer herum und suchte unter dem Bett und den anderen Möbeln. Sie fand den noch feuchten, gerade aufgewischten Fleck unter dem Fenster.

»Was ist das, Félice?« rief sie. »Hast du das Fenster aufgemacht?«

»Gott ist mein Zeuge«, sagte das Mädchen, faltete die

Hände über der schwarzen Seide ihres Kleides und rollte die Augen so weit nach oben, daß man das Weiße sah.

»Ich glaube dir nicht«, sagte Emily. »Du böses, böses Mädchen. Ich rieche deine Schandtat geradezu.«

Emily rannte aus dem Zimmer und die Treppe hinab. Aus der Gaststube drang fröhliches Lachen. Die Diener entspannten sich offensichtlich, jetzt, da sie unter sich waren. Emily zögerte mit der Hand auf der Klinke zur Gaststube. Die erschöpften Diener jetzt aufzufordern, ihr bei der Suche nach einem kleinen Kätzchen zu helfen, wäre doch wirklich nicht richtig. Sie mußte einfach selbst versuchen, Peter zu finden. Leise seufzend zog sie sich die Kapuze ihres Umhangs über den Kopf, schmiegte sich in seine Falten und ging hinaus in die tosende weiße Wildnis.

Graf Devenham kam etwa fünfzehn Minuten später äußerst verärgert an. Er war in dem Sturm mehrere Male vom Weg abgekommen und vollkommen durchgefroren. Der Wirt versicherte ihm, daß Mylady wohlbehalten sei, und das erbitterte den Grafen nur noch mehr. Sein eigenes Leben und das seines Dieners aufs Spiel gesetzt zu haben, ganz zu schweigen vom Leben zweier Spitzenpferde, um ein dummes kleines Mädchen zu retten, das es gar nicht nötig hatte, gerettet zu werden, hätte selbst die Geduld eines Heiligen auf die Probe gestellt.

Er ging nicht sofort in den Gasthof, da ihn der Wirt, der ihm zur Begrüßung entgegengekommen war, von der Sicherheit seiner Frau überzeugt hatte, sondern begab sich in die Ställe, um sein Pferd zu versorgen.

Nachdem er es trockengerieben, gefüttert und dafür gesorgt hatte, daß es in eine Decke gewickelt wurde, die man zuvor am Feuer der Schmiede gewärmt hatte, war der Graf hungrig und müde. Er beschloß aber, zuerst Emily aufzusuchen. Ob er sie küssen würde? Es könnte gut sein.

Aber die einzige Person, die in Myladys Schlafzimmer wartete, war die Zofe Félice.

»Wo ist deine Herrin?« fragte der Lord.

»Mylady ist ausgegangen.«

»Ausgegangen? Wohin gegangen?«

»Sie ... ich meine, Mylady hat eine kleine Katze, und sie hat gedacht, sie ist in den Sturm hinausgelaufen, und deshalb ist sie auch hinausgegangen.«

»Und du hast deine Herrin allein in diesen Sturm hinauslaufen lassen?«

Die Zofe breitete ihre Hände auf diese unverwechselbare südländische Art aus, mit der sie sich von jeglicher Verantwortung oder gar Schuld freisprach.

Der Graf eilte wieder die Treppe hinunter und rief lautstark nach den Dienern. »Du nicht«, sagte er zu dem erschöpften John. »Es geht die anderen an – Mylady ist draußen im Sturm und sucht eine Katze. Es gefällt mir nicht, daß ich euch alle wieder in den Schnee hinausschicken muß, aber ihr müßt mir bei der Suche helfen. Sie kann nicht sehr weit gekommen sein. Du wartest hier«, sagte er zu John, dem Kutscher, »und sagst dem Wirt, daß er seine Diener ebenfalls auf die Suche schikken soll. Wir wollen jeder für sich gehen und in verschiedenen Richtungen suchen.«

Der Graf machte sich in das Unwetter auf. Dabei merkte er, daß die Sicht besser wurde, auch wenn der Wind immer noch heulte. Ist das das Schema, nach dem mein Leben in Zukunft ablaufen wird? fragte er sich wütend. Im schlimmsten Wetter, das dieses Land zu bieten hat, auf der Suche nach meiner entflohenen Frau herumzulaufen?

Er rief und schrie in den Sturm hinein. Wenn sie auch nur ein bißchen Verstand hat, so dachte er, wird sie in der Nähe des Gasthauses bleiben. Eine Katze wird sich in einer solchen Nacht nicht allzu weit von der Wärme entfernen.

Aber Emily hatte keinen Verstand, deshalb nahm er an, daß sie aus dem Hof des Gasthauses und auf die Straße gelaufen war.

Er kämpfte sich durch den hüfthohen Schnee auf die Straße hinaus, als sich der Sturm mit einem letzten gewaltigen Heulen so schnell, wie er gekommen war, legte. Hatte der Graf gerade noch kaum die Hand vor Augen gesehen, so war jetzt im Umkreis von Meilen alles leer und weiß.

In der Entfernung sah er einen kleinen schwarzen Punkt im Schnee und arbeitete sich darauf zu, wobei er so laut wie möglich »Emily« schrie.

Zunächst schien sie ihm furchtbar weit weg zu sein, aber in der nächsten Minute wankte sie schon auf ihn zu und fiel ihm in die Arme.

Er hielt sie ganz fest, drehte ihr Gesicht nach oben und küßte sie auf den Mund. Er spürte, wie ihre kalten, blutleeren Lippen warm wurden und seinen Kuß erwiderten. Die Welt war mit einemmal verzaubert. Sie hielten sich eng umschlungen in sehnsüchtigem Verlangen.

Da machte Emily sich plötzlich frei und seufzte: »O Peter«, und er hätte sie erschlagen können. Er hatte angenommen, daß es in ihrer Vergangenheit keine Männer gab. Wer war dieser Peter, dessen Namen sie nach diesem langen und leidenschaftlichen Kuß kläglich hervorstieß?

Emily schaute fragend in sein strenges, ärgerliches Gesicht auf. Seine Augen waren so kalt wie das Land um sie herum.

»Ich freue mich sehr, dich zu sehen, Peregrine«, sagte sie ängstlich. »Ich bin hierher gelaufen, um nach meinem Kätzchen zu suchen.«

»Dann darf ich mir erlauben, dir zu sagen, daß du mir und meinen erschöpften Dienern sehr viel unnötige Aufregung und Mühe bereitet hast. Eine Katze entfernt sich nicht weit von Futter und Wärme. Du hättest in der Nähe des Gasthauses suchen sollen. Bitte komm jetzt auf der Stelle zurück und vergiß das verdammte Vieh.«

»Ich kann nicht«, jammerte Emily, und Tränen liefen ihr über die Wangen. »Er ist so klein und...«

»Gott, gib mir Geduld«, knirschte der Graf zwischen den Zähnen hervor. »Ich will dich tragen, und du kannst mir von dem verfluchten Vieh erzählen. Wann hast du es zuletzt gesehen?«

»Félice hat ihn mit in unser Schlafzimmer hinaufgenommen, und als ich nachgekommen bin, war das Kätzchen nicht mehr da, und auf dem Fußboden unter dem Fenster befand sich ein feuchter Fleck. Obwohl Félice schwor, daß sie es nicht geöffnet habe...«

»Sie hat es geöffnet«, unterbrach er sie, »und die Katze hinausgeworfen, was jede Dienerin, die bei klarem Verstand ist, getan hätte. Du hättest in den Schneewehen unter dem Fenster suchen sollen.«

»Oh, beeil dich«, bettelte Emily. »Er kann schon tot sein.«

»Wenn wir Glück haben«, murmelte der Graf. Wieder einmal blieb ihm nichts anderes übrig, als sie zu diesem Gasthaus zurückzutragen. In diesem Moment schlug eine große schwarze Woge der Niedergeschlagenheit über ihm zusammen. Nicht nur Mary Anstey liebte einen anderen Mann; auch seine Frau Emily Anstey trauerte offensichtlich um einen Mann namens Peter.

Er setzte sie im Hof des Gasthauses ab, nachdem er den Dienern zugerufen hatte, daß sie wieder da sei. »Etwas möchte ich noch klarstellen, Mylady«, sagte er. »Diese wertvolle Katze wird auf der Stelle in den Stall gebracht, wenn du sie schon unbedingt behalten willst. Eine Katze gehört nicht ins Schlafzimmer.«

»Es ist nur ein ganz kleines Kätzchen«, sagte Emily. »Welches ist mein Schlafzimmer, damit ich unter dem Fenster suchen kann?«

Der Graf ging weg, um den Wirt zu fragen. »Es geht auf die Westseite hinaus«, rief er. Emily lief ihm nach und strauchelte und stolperte durch die Schneeverwehungen.

Sie stieg auf dem Weg um das Gasthaus in die Fußstapfen des Grafen. Dieser beugte sich bereits nach vorne und stocherte mit den bloßen Händen im Schnee herum.

Auf einmal stieß er einen gellenden Schrei aus und zog die Hand zurück. »Ich glaube, ich habe deine Katze gefunden«, sagte er eisig und zeigte ihr einen langen, blutigen Kratzer auf seinem Handrücken.

»Laß mich«, rief Emily eifrig. Sie schob vorsichtig den Schnee beiseite, bis sie eine kleine Höhle freigelegt hatte, in der ein winziges, kaltes, wütendes Kätzchen saß.

»O Peter!« stieß Emily lachend aus. »Ich habe mir ja solche Sorgen um dich gemacht. Mein armer, armer Peter.« Das Kätzchen schnurrte und schmiegte sich unter ihr Kinn.

»Peter?« fragte der Graf barsch. »Warum nennst du die Katze Peter? Nach einem Mann?«

»Nein.« Emily lachte. »Der einzige Peter, den ich kenne, ist Peter Cummings. Ich habe ihn Peter genannt, weil er wie ein kleiner Fels ist. So tapfer, nicht wahr, mein Liebling.«

Plötzlich fühlte sich der Graf ganz leicht. »Gut, bring Peter ins Gasthaus«, sagte er. Er hatte das Gefühl, daß er die Welt so sehr liebte, daß er sogar den Kater in Kauf nehmen konnte.

Der gute Peter. Der Graf lachte und hielt dem Kater die Hand hin. Dieser packte den Daumen und biß hinein.

»Oh, es tut mir leid«, sagte Emily besorgt. »Er hat dich hoffentlich nicht fest gebissen. Er ist eben noch sehr klein und verspielt.«

»Ich glaube, das Tier ist vom Teufel besessen«, sagte der Graf und schaute den Kater böse an, der seinen Blick drohend erwiderte.

»Aber laß uns hineingehen. Der heutige Schnee reicht mir für mein ganzes Leben.«

Nachdem der Graf ein herzhaftes Abendessen zu sich genommen hatte, ging er nach oben, wo er seine Frau schlafend antraf. Er hatte ihr nicht gesagt, daß er kein eigenes Zimmer für sich bestellt hatte. Er setzte sich auf die Bettkante und betrachtete ihr Gesicht. Nun, immerhin kann man Emily nicht als zimperlich bezeichnen, dachte er. Sie schien das schrecklichste Wetter zu überstehen, ohne sich auch nur eine Erkältung zuzuziehen. Sie sah sehr jung und unschuldig aus, wie sie da so lag, das goldene Haar über das Kissen gebreitet. Er mußte sie sachte anfassen, beschloß er. Wenn er sie vorsichtig umwarb, würde er vielleicht ein so leidenschaftliches, liebendes Weib in ihr finden, wie es die Emily versprochen hatte, die er draußen im Schnee in den Armen gehalten hatte. Er mußte sie so weit bringen, daß sie von sich aus in sein Bett kam.

Er zog sich aus und schlüpfte zwischen die Decken. Als er sich auf die Seite drehte, um die Bettkerze auszublasen, bohrten sich fünf winzige Krallen durch sein Nachthemd in sein Hinterteil.

»Zum Teufel!« Der Graf sprang aus dem Bett und riß die Decken zurück, während Emily im Schlaf murmelnd protestierte. Ein winziges Knäuel mit gesträubten Haaren und grünen Augen funkelte ihn böse aus dem Bett an.

»O nein, Freundchen«, sagte der Graf sanft. »Ich habe nicht vor, mit einem räudigen Kater zu rivalisieren.« Mit einer schnellen Bewegung packte er das Kätzchen und setzte es auf den Boden. Ich muß Emily bitten, nicht zu streng mit Félice zu sein, dachte er schläfrig. Die Katze wirft sich unheimlich gut.

Marys Kriegsrat verlief nicht so, wie sie es erwartet hatte. Mr. und Mrs. Anstey behaupteten, sie mache viel Lärm um nichts. Ja, Mary könne sich an Mr. Cummings wegwerfen, wenn sie das wolle, aber das sei kein Grund dafür, auf Emily eifersüchtig zu sein, weil diese eine vornehme Gräfin sei. Vergeblich gaben Mary und Mr. Cummings zu bedenken, daß Emily unglücklich sei. Mr. und Mrs. Anstey weigerten sich zuzuhören. Mr. Cummings merkte – klug wie er war –, daß womöglich seine Aussichten auf eine Ehe mit Mary wieder schwanden, wenn er weiterhin Einspruch erhob, und so gab er seiner Angebeteten zu verstehen, sie solle schweigen. Als sie danach in der Halle standen und die Tür zum Salon geschlossen war, einigte er sich flüsternd mit ihr, daß es diplomatischer sei, am nächsten Tag einen neuen Versuch zu machen.

Drei Tage lang wurde die Familie Anstey durch den Schnee im Haus festgehalten. Aber am vierten Tag, als die Straßen wieder passierbar waren, wuchsen Mary aus einer unerwarteten Ecke Verbündete zu. Sir James und Lady Harrison kamen mit ihrem ungehobelten Sohn Billy zu Besuch.

Die Harrisons, das wußte Mary recht gut, hatten schwer unter Emilys hochmütigem Wesen zu leiden gehabt. Deshalb bemühte sie sich, nett zu sein, fragte sich jedoch die ganze Zeit, warum die Harrisons so triumphierend aussahen.

»Sie werden Ihre Tochter doch sicher bald besuchen?« fragte Lady Harrison, während sie verschlagene Blicke mit ihrem Mann wechselte. »Sie wird ohne Zweifel Ihrer Hilfe dringend bedürfen.«

»Warum?« fragte Mrs. Anstey, und ihr dickes Gesicht verriet, daß sie ganz erpicht auf Neuigkeiten war. »Unsere Emily ist so von ihren Pflichten als Gräfin in Anspruch genommen, daß es eine Weile dauern wird, bis sie Zeit für ihre alten Eltern hat. Ach ja, sie ist uns allen weit über den Kopf gewachsen«, fügte Mrs. Anstey mit einem boshaften Blick auf Lady Harrison hinzu.

Billy Harrison hatte sich in einen Sessel gelümmelt und stocherte mit einem Gänsekiel in den Zähnen herum, wobei er häßlich schmatzende Laute von sich gab. Er ahmte die Mode der Männer von Welt nach oder das, was er dafür hielt. Um den Hals trug er ein buntes Halstuch statt einer weißen Halsbinde. Seine Stiefel waren schlammig, und seine Lederhosen knarrten jedesmal, wenn er sich in dem Sessel bewegte.

»Ach, die liebe arme Emily«, seufzte Lady Harrison und wischte sich mit einem zarten Taschentüchlein über ihr trokkenes Auge. »Gerade heute morgen habe ich zu Mr. Cummings gesagt, daß Beten das einzige ist, was man für sie tun kann.«

Mr. Anstey richtete sich kerzengerade auf. »Sprechen Sie offen, Mylady«, sagte er. »Ist mit unserer Emily etwas nicht in Ordnung?«

Lady Harrison hüstelte vornehm. »Wirklich, ich weiß nicht recht, wie ich anfangen soll.«

Billy Harrison nahm den Gänsekiel aus dem Mund und grinste. »Es ist in ganz London herum«, sagte er. »Man hat

Devenham überall mit seinem Liebchen Cordelia Haddington gesehen. Weihnachten hat er auch mit ihr verbracht. Er hat ihr erzählt, man hätte ihn dazu überlistet, Emily zu heiraten, und er wünschte, er käme aus der Sache wieder raus.«

Mary wurde ganz bleich. »Ich glaube kein Wort davon«, rief sie. »Es ist alles boshafter Klatsch und Tratsch.«

»Meine Liebe«, sagte Lady Harrison, beugte sich vor und drückte Marys Hand. »Ihre Loyalität spricht für Sie. Aber so leid es mir tut, es ist so, wie Billy sagt. Die ganze Hauptstadt weiß Bescheid.«

Mrs. Anstey kämpfte um Fassung. »Wir werden herausfinden, daß alles Unsinn ist«, sagte sie. »Mylord wird doch nicht ein Mädchen betrügen, das er gerade erst geheiratet hat.«

»Es sei denn, er fühlt sich selbst betrogen«, meinte Sir James mit lautem Gewieher. »Er sollte doch Mary heiraten, nicht wahr? Und warum hat denn Emily, wenn sie diejenige war, die er heiraten sollte, in der Kirche eine braune Perücke getragen, he?«

»Solch einen Unsinn habe ich noch nie gehört«, stieß Mary wütend hervor. »Meine Schwester ist sehr glücklich verheiratet. Ich bin überrascht, nein schockiert, daß Sie solch boshafte Klatschgeschichten weitertragen.«

»Ich bin davon überzeugt, daß es gut gemeint war«, sagte Mrs. Anstey, die nicht glauben konnte, daß ihre Überlegenheit über die Harrisons abzubröckeln begann.

Lady Harrison stand auf und schüttelte ihre Röcke aus. »Wir haben es Ihnen lediglich aus Freundschaft erzählt, Miss Anstey«, sagte sie. »Diese Cordelia Haddington – die überall verkehrt, obwohl sie eigentlich nicht ganz *comme il faut* ist – erzählt aller Welt, daß Devenham vorhat, die Ehe für ungültig erklären zu lassen.«

Als die Harrisons gegangen waren, wandte Mary sich an ihre Eltern. »Jetzt werdet ihr mir zuhören«, sagte sie. »Ich habe euch immer wieder gesagt, daß Emily todunglücklich ist und daß sie mir erzählt hat, daß da eine andere Frau im Spiel ist. Wenn ich glauben würde, daß Devenham vorhat, die Ehe für ungültig erklären zu lassen, dann wäre mir das egal. Aber ich denke an Emily. Habt ihr vor, euren gesellschaftlichen Ehrgeiz über das Glück eurer Tochter zu stellen?«

»Nein«, sagte Mr. Anstey nach langem Schweigen. »Es ist seltsam, aber ich habe immer gedacht, daß ich ein glücklicher Mann sein werde, wenn mir die Aristokratie erst einmal, wie man so sagt, aus der Hand frißt. Aber ich bin es nicht. Mir sind die Kaufleute und ihre Frauen in der City lieber, ich kann es nicht leugnen. Und dir geht es genauso, meine Liebe«, sagte er zu seiner Frau. »Es hat dir kein bißchen gefallen. Oh, es hat Spaß gemacht, als Emily sie alle auf ihren Platz verwiesen hat, aber du hast selbst gesagt, daß du glaubst, Emily ist traurig, sonst würde sie sich nicht so benehmen. Wir haben an unserer Tochter ein Unrecht begangen, und wir müssen es wiedergutmachen. Wenn Devenham nicht schon Schritte unternommen hat, die Ehe für ungültig erklären zu lassen, dann müssen wir ihn dazu überreden. Und wir müssen nach Maxton Court fahren, um Emily zu sagen, daß sie sich für nichts zu schämen braucht. Sie kann zurückkommen und vergessen, daß sie je eine Gräfin war.

Ihr wißt, daß ich mich all die Jahre, die wir hier verbracht haben, zu Tode gelangweilt habe. Ich möchte in die Stadt zurück, wo ich meine Freunde habe. Ich möchte mich in ein Wirtshaus setzen können und mich wohl fühlen, ohne daß irgendein hochgestochener Landadeliger die Nase über mich rümpft.«

»Laßt uns so bald wie möglich nach Maxton Court fahren«, bat Mary.

»Wir werden warten müssen, bis die Straßen frei sind, meine Liebe«, gab Mr. Anstey zu bedenken. »Sei guten Muts, Mutter«, sagte er zu seiner Frau. »Du wirst dich ganz schnell daran gewöhnen, eine gewöhnliche Mrs. Niemand aus Nirgends zu sein.«

»Nein, nie«, schluchzte Mrs. Anstey. »Ich war so stolz, eine Gräfin zur Tochter zu haben.«

Mary und Mr. Anstey versuchten, sie davon zu überzeugen, daß es sehr dünkelhaft sei, sich etwas aus Titeln zu machen, aber Mrs. Anstey weinte und war untröstlich.

Zu Marys Kummer hatte Mr. Anstey am folgenden Morgen seine Meinung ebenfalls geändert. Er war wieder der Mr. Anstey, der dem armen jungen Captain Tracey heimgeleuchtet und dann den reichen Graf Devenham, ohne auch nur zu erröten, willkommen geheißen hatte. Offenbar änderten Leute ihren Charakter an einem einzigen Tag nur in Romanen und in den Theaterstücken, die am Haymarket aufgeführt wurden.

Der Winter wich allmählich dem Frühling. Am Abend stieg der Nebel aus den braunen Feldern, und am Morgen zirpten die Vögel in den Hecken, und immer noch waren die Ansteys in Malden Grand. Emilys fröhliche Briefe waren kein wirklicher Trost für Mary, die das Gefühl hatte, sie lese zwischen jeder Zeile das verborgene Unglück und die Traurigkeit.

Mary hatte die Hoffnung schon beinahe aufgegeben, als Mr. und Mrs. Anstey eines Tages im späten März voller Kummer von einem Besuch in der Nachbarschaft zurückkehrten. Die Harrisons hatten ihre vornehmen Londoner Freunde eingeladen, und zum Entsetzen der Ansteys hatte Lady Harrison ihre Freunde gedrängt, den Ansteys die Gefahr, in der die Ehe ihrer Tochter schwebte, klarzumachen. Die Freunde, leichtfertige, geschwätzige Leute, waren keineswegs abgeneigt, den ganzen Klatsch weiterzugeben und ihn obendrein mit phantastischen Zutaten auszuschmücken. Das Ergebnis war, daß Mr. und Mrs. Anstey das Haus der Harrisons ganz benommen verlassen hatten und endlich davon überzeugt waren, daß sich ihre Tochter in den Händen eines lüsternen und geilen Ungeheuers befand, das es nur darauf anlegte, sie zu ruinieren und in der Gosse enden zu lassen.

Nach allerlei Hin und Her beschlossen sie, den Grafen von ihrer bevorstehenden Ankunft zu informieren, und es war bloß gut, daß sie es taten. Denn nach einer Woche ungeduldigen Wartens kam ein Brief vom Verwalter des Grafen, in dem stand, daß Mylord und Mylady nach London gereist seien.

»London!« rief Mr. Anstey aus. »Arme Emily. Sie wird es jetzt selbst herausfinden. Wir müssen zur Stelle sein, um sie zu trösten.«

»Laß uns sofort fahren«, sagte Mrs. Anstey, wie immer voller Hoffnung. »Es kann sich alles immer noch als Gerücht herausstellen. Es ist am besten, wir überzeugen uns selbst.«

Mr. Anstey erinnerte sich an einen befreundeten Kaufmann, der nach Indien fuhr und ihnen gerne sein Haus am Russell Square überlassen würde. Zwar nicht die feinste Adresse, aber Mr. Anstey hatte es schließlich satt, fein zu sein.

Mary verabschiedete sich liebevoll von Mr. Cummings, und die Ansteys machten sich auf die Reise.

Wenn der Graf seine Gelüste außerhalb der Ehe befriedigt hatte und Emily noch unschuldig war, dann konnte es eigentlich keinerlei Schwierigkeiten bei der Annullierung der Ehe geben. Emily konnte sich schon als gerettet betrachten. Mr. Anstey dachte bei sich, daß ein Mann, der eine schöne junge Frau hatte und sie nicht anrührte, reichlich pervers sei.

Aber er sprach seine Gedanken nicht aus.

Achtes Kapitel

Es war der Kater, der die Freude darüber, daß Emily mit nach London reisen sollte, getrübt hatte.

Mylord war unerbittlich gewesen. Der Kater mußte in Maxton Court zurückbleiben.

Wenn Emily den Kater nicht allein lassen wollte, dann konnte sie ja ebenfalls bleiben.

Emily war hin und her gerissen. Die Beziehung zwischen ihr und ihrem Ehemann hatte sich langsam gebessert. Er hatte sie zwar nicht noch einmal geküßt, aber er war nett und charmant gewesen. Mit der Zeit hatten sie sogar begonnen, zusammen auszureiten und am Abend miteinander zu reden, bis die Kerzen in ihren Haltern heruntergebrannt waren. Sie konnten sich beide für landwirtschaftliche Verbesserungen auf den Gütern begeistern.

Der Graf küßte oft ihre Hand, wenn er ihr gute Nacht wünschte, und dabei wurde sein Blick zunehmend liebevoller. Aber er verbrachte immer noch einen großen Teil des Tages bei seinen Geschäften oder auf der Jagd mit den Bauern oder mit Freunden, und Emily war sich oft lange Stunden selbst überlassen. Wenn das Wetter zu schlecht war, um Besuche zu machen, machte es ihr Spaß, in der langen Galerie mit dem Kater Peter zu spielen, während die Porträts der hochmütigen Devenhams erstaunt auf sie herabblickten.

Emily mußte sich mehr als einmal eingestehen, daß Peter nicht gerade ein schöner Kater geworden war. Er war sehr groß, muskulös und schwer geworden. Sein Fell glänzte vor Wohlbefinden, aber sein starrer Blick und das zerfleischte Ohr verliehen ihm ein etwas finsteres Aussehen.

Er war ihr treu ergeben und versuchte seine Anhänglichkeit

dadurch zu beweisen, daß er ihr tote Hausmäuse, Wühlmäuse und andere abscheuliche Jagdtrophäen zu Füßen legte. Ansonsten hatte er einen boshaften Sinn für Humor entwickelt, es schien ihm besonders viel Spaß zu machen, den Grafen zu erschrecken. Er liebte es, auf Simsen und Kleiderschränken zu kauern und darauf zu warten, daß der Graf unter ihm vorbeiging, worauf er sich schnell hinunterbeugte und dem Grafen mit der Pfote einen kräftigen Hieb versetzte. Vielleicht hätte der Graf Peter sogar erlaubt, mit nach London zu fahren, denn die Anhänglichkeit der häßlichen Kreatur amüsierte ihn insgeheim, aber Peter beging, zwei Tage bevor sie abfahren wollten, das schlimmste Verbrechen, das überhaupt möglich war. Der Graf hatte beschlossen, in das Schlafzimmer seiner Frau zu gehen, um ihr gute Nacht zu sagen. Das gehörte zu seinem Plan. Er hatte gemerkt, daß Emilys Augen, immer wenn sie ihn anschaute, aufleuchteten, aber er wollte sich dennoch nicht zu voreiligem Handeln verleiten lassen und sie weiterhin geduldig umwerben. Er war es zufrieden, zu warten und in kleinen Schritten voranzukommen.

Emily sah sehr hübsch aus, wie sie da in ihrem Bett saß und ein Buch las. Ihre goldenen Locken schauten unter einem neckischen Spitzenhäubchen hervor.

»Du... Peregrine!« rief Emily aus. »Stimmt etwas nicht?«

»Es ist ziemlich seltsam«, lächelte der Graf, der näher trat und sich neben sie auf das Bett setzte, »wenn ein Mann nicht das Schlafzimmer seiner Frau betreten kann, ohne daß diese denkt, daß etwas nicht stimmt.«

»O nein... es ist nur... nun, es ist das erste Mal.«

»Du brauchst nicht zu erschrecken«, sagte der Graf. »Ich bin nur hier, um dir einen Gutenachtkuß zu geben.«

Emily errötete sanft.

Es gab einen dumpfen Knall, als der große Kater auf das Bett sprang. Sein Fell sträubte sich, und seine grünen Augen funkelten den Grafen böse an.

Da verlor der Graf mit einemmal die Geduld. Ein männlicher Rivale war ein Kapitel für sich, aber ihn sollte der Teufel holen, wenn er es mit einem Kater aufnehmen mußte.

Er packte Peter am Genick, trug ihn zur Tür, schleuderte ihn in den Korridor und kehrte zu seiner Frau zurück.

»Nun«, sagte er, »wo war ich stehengeblieben?«

Er beugte sich über sie. Von draußen ertönte ein jämmerliches Heulen.

»O Devenham«, sagte Emily. »Das arme Tier.«

»Du hattest mich schon Peregrine genannt.«

Jaul, jaul, jaul.

»Er ist doch nur ein Kater, Peregrine. Du darfst ihn nicht so schlecht behandeln.«

»Mylady, ich bin hier, um Ihnen einen Gutenachtkuß zu geben. Bedeutet Ihnen das nichts?«

Emily lächelte zu ihm hinauf und breitete die Arme aus. Seine Lippen hatten sich gerade über den ihren geschlossen, als das Geräusch eines schweren Körpers, der sich gegen die Tür warf, zu hören war.

Emily zuckte zusammen. Ihre Lippen waren kalt und keusch.

Der Graf zog sich ernüchtert zurück. Emily lächelte ihn furchtsam an, weil sie wußte, daß sie ihn enttäuscht hatte, aber was sollte sie machen? Das Jaulen und die verzweifelten Angriffe auf die Tür wurden immer lauter.

»Er wird sich noch um den Verstand bringen, wenn er mit dem Kopf so fest an die Tür stößt«, stöhnte sie.

Der Graf stand auf. »Ich überlasse es Ihnen, über Ihr lächerliches Betragen nachzudenken, Madam«, sagte er steif. Er schritt zur Tür und riß sie auf. Der Kater raste an ihm vorbei in das Zimmer und sprang auf das Bett. Der Graf verzog den Mund voller Abscheu, als er hinausging und die Tür hinter sich zuschlug.

Aber das war noch nicht das Schlimmste.

Am Tag darauf, als ihn sein Diener, der ihm beim Ankleiden geholfen hatte, bereits wieder verlassen hatte, entdeckte der Graf einen Fleck auf den schneeweißen Falten seiner Halsbinde.

Er beschloß, eine neue zu nehmen, und öffnete die Schublade, in der sich die saubere Wäsche befand. Während er nach einer Halsbinde, die bereits gestärkt war, suchte, fiel ihm der abscheuliche Geruch, der aus der Schublade drang, auf.

Er zog an der Klingelschnur und stand wutschnaubend da, als sein Diener herbeigeeilt kam.

»War der Kater hier drinnen?« fragte der Graf.

»Ja, Mylord«, antwortete John. »Er ist sehr amüsant. Er hat mich wie ein Mensch beobachtet, während ich die saubere Wäsche aufgeräumt habe.«

»In der Tat. Was dabei herausgekommen ist, als du ihm den Rücken zugedreht hast, kannst du riechen.«

Der Kammerdiener machte vorsichtig einen Schritt auf die Kommode zu und schaute dann seinen Herrn entsetzt an.

»Genau«, sagte der Graf grimmig. »Katzenpisse. Hiermit gebe ich in aller Form bekannt, daß das Tier nicht mehr in meine Gemächer oder überhaupt in meine Nähe darf.«

Die Szene, die folgte, war für Emily äußerst schmerzlich. Jedenfalls entschied der Graf, daß Peter in die Ställe gebracht werden und bis zu ihrer Rückkehr dort bleiben sollte.

Und deshalb war Emilys Freude nicht ganz ungetrübt, als sie sich mit ihrem Mann nach London aufmachte, denn ein Teil ihres Herzens blieb in den Ställen zurück. Immerhin konnte sich Emily der Liebe des Katers doch ganz sicher sein, während das für die Liebe ihres Mannes keineswegs galt. Sie spürte immer noch, daß es da irgendwo in dem Bereich seines Lebens, an dem sie keinen Anteil hatte, eine Frau gab. Sie schämte sich ihrer Ängste und Befürchtungen, die sie vom Bett ihres Ehemanns abhielten, und sie ahnte, daß der Graf darauf wartete, daß sie den ersten Schritt tat, um nicht wieder durch eine Abfuhr gedemütigt zu werden. Aber jedesmal wenn sie drauf und dran war, diesen Schritt zu tun, wurde sie wieder von ihren Ängsten gepeinigt.

Manchmal wünschte Emily leidenschaftlich, sie wäre damals weitergefahren und hätte Peter seinem Geschick im Straßengraben überlassen.

Sie war in die Ställe gegangen, um sich tränenreich von dem Tier zu verabschieden, und obwohl ihr der oberste Stallbursche versichert hatte, daß man gut für den Kater sorgen und ihn füttern werde, hatte sie seine verborgene Verachtung gespürt, die nichts Gutes für den unglückseligen Peter verhieß.

Sie wartete in der Kutsche, bis ihr Mann kam. Ihre Beziehung war immer noch gespannt.

Doch wurde ihr Herz seltsam leicht, als sie das Lächeln auf seinem Gesicht sah, während er zu ihr in die Kutsche kletterte. Er beugte sich zu ihr herab und gab ihr einen herzlichen, schnellen Kuß auf den Mund, und sie lächelte ihn bezaubernd an. Dann setzte er sich neben sie und nahm ihre Hand in die seine. Emilys Herz schlug schneller vor Freude, und sie waren schon mehrere Meilen gefahren, ohne daß sie an den Kater dachte und sich fragte, wie es ihm wohl erging.

Der Kater war ihr viel näher, als sie ahnte. Hinter ihr im Gepäckraum kauerte Peter zu Füßen der Lakaien zwischen den Falten der Reisedecken. Anfangs war er sehr verstört durch das Rumpeln des Wagens, aber nach einer Weile machte ihn die Wärme der Decken angenehm müde. Die Augen fielen ihm zu, und er schlief ein.

Die Poststation lag etwa zwanzig Meilen vor London in einem Marktflecken namens Shapphards. Es handelte sich um einen geräumigen, gepflegten Gasthof in modernem Baustil mit einer Säulenreihe vor dem Eingang. Im Erdgeschoß befanden sich ein blaugolden gehaltener Kaffeesalon und eine Schankstube mit viel Messing und Walnußholz, und in den oberen Stockwerken waren die hübsch möblierten Schlafzimmer mit privaten Salons.

Emily redete sich ein, daß sie froh darüber war, daß ihr Mann ein eigenes Schlafzimmer genommen hatte, und kämpfte den heimlichen und doch hartnäckigen Wunsch nieder, er möge ihre Ängstlichkeit dadurch überwinden, daß er sie zwang, in sein Bett zu kommen. Es wäre alles so einfach, Emily fühlte es, wenn er sie nur küssen und immer weiter küssen würde.

Mit der Diamantnadel, die sie ihm geschenkt hatte und die in den schneeweißen Falten seiner Halsbinde blitzte, sah er beeindruckend feierlich aus. Der Salon, in dem sie sich zum Dinner niederließen, war luftig und hübsch möbliert; im Kamin brannte ein kleines Feuer, die Möbel waren aus hellem Eichenholz und die Wände in zartem Nilgrün gehalten. Das Essen war köstlich, und beide aßen mit gutem Appetit. Als die Diener entlassen waren, zog der Graf ein kleines schwarzes Kästchen aus der Tasche und reichte es Emily: »Für dich, mein Liebling.«

Emily errötete leicht bei dem liebevollen Ausdruck und öffnete das Kästchen.

Ein Smaragd, grün wie Frühlingsgras, grün wie Peters Augen, funkelte ihr in goldener Fassung entgegen.

»Ein Ring, Peregrine«, sagte Emily. »Er ist wunderschön.«

»Du hast noch keinen Verlobungsring bekommen, Emily.« Er kam um den Tisch herum und nahm den Ring. Emilys Hand zitterte leicht, als er ihn ihr an den Finger steckte. Er führte ihre Hand an seine Lippen und küßte sie.

Ihre Augen, die zu ihm aufschauten, waren weich und braun mit kleinen goldenen Flecken. Ihre Lippen waren zartrosa und schön geformt. Ihr...

»Er erinnert mich an Peters Augen«, sagte Emily und drehte den Ring so, daß das grüne Feuer im Kerzenlicht blinkte.

Der Graf gab einen Laut von sich, der wie »Gramff« klang, und ging steif zu seinem Stuhl zurück. Emily betrachtete ihn voller Angst und verfluchte ihre lockere Zunge. Sie hätte so gerne ganz ungezwungen eine warmherzige, liebevolle Bemerkung gemacht. Wenn sie nur den Mut aufbringen würde, die Wahrheit zu bekennen, ihrem Mann ins Gesicht zu schauen und zu sagen: Ich möchte dich lieben, ich glaube, ich könnte dich lieben, aber du flößt mir solche Angst ein. Bitte hilf mir.

Statt dessen sagte sie: »Ich kann nicht anders, aber ich mache mir Sorgen um den Kater. Glaubst du, sie werden ihn gut behandeln?«

Der Graf goß sich ein Glas Wein ein und antwortete dann in gemessenem Ton: »Sie haben die Anweisung, für das Tier zu sorgen. Gewöhnlich sind sie nicht ungehorsam, sonst stünden sie nicht in meinen Diensten. Sie werden den Kater allerdings wie ein Tier, das er schließlich ist, und nicht wie einen Liebhaber behandeln.«

»Du bist eifersüchtig«, sagte Emily. »Auf einen Kater!« Und ihre innere Stimme mahnte sie zur Vorsicht.

»Ich habe keinen Grund, eifersüchtig zu sein«, erwiderte er mit einem Achselzucken. »Nur verliebte Männer sind eifersüchtig.«

Emily zuckte zusammen.

Nun, höhnte ihre innere Stimme, was hast du denn erwartet? Er schenkt dir einen schönen Ring und küßt dir die Hand, und du hast nichts Besseres zu tun, als dir um einen häßlichen Kater mit einem zerfetzten Ohr Sorgen zu machen, statt dich zu bedanken.

»Die Ursache für meinen gerechtfertigten Ärger«, fuhr der Graf fort, »ist die Tatsache, daß du dir nicht einmal die Mühe gemacht hast, mir für den Ring zu danken.«

»Danke, Devenham.«

»Zu spät. Bist du fertig? Dann möchtest du dich vielleicht zurückziehen und mich der angenehmeren Gesellschaft dieser Portweinkaraffe überlassen. Sie spendet mir Trost, wenn es sonst keinen gibt.«

Einen Sekundenbruchteil lang war Emily drauf und dran, ihn um Vergebung zu bitten. Aber er sah so abweisend aus, so unnachgiebig; und dann war da immer dieses Gefühl, das sie nicht los wurde, diese Aura, die ihn umgab, daß da eine andere Frau war.

»Mach dir keine Sorgen«, sagte sie, während sie aufstand,

»bald werden wir in London sein, und dann kannst du in die Arme deiner Mätresse zurückkehren.«

Er zuckte überrascht zusammen, und sie konnte nicht verhindern, daß sich ihre Augen plötzlich mit Tränen füllten. Deshalb ging sie schnell aus dem Zimmer und warf die Tür hinter sich ins Schloß.

Zum Teufel! dachte der Graf verbittert. Irgendein Lästermaul hat es ihr erzählt.

Emily betrat ihr Schlafzimmer – zu wütend, um zu weinen. Es gab also eine Mätresse. Der Ausdruck seiner Augen hatte ihn verraten. Sie war froh, froh, froh, daß sie seine Annäherungsversuche nicht erwidert hatte, daß sie seinem sündigen, beschmutzten, benutzten Körper nicht erlaubt hatte, ihr nahezutreten. Sie zitterte vor Wut; ihr ganzes Sein war von einer zügellosen, bitteren Eifersucht erfüllt, die so grün war wie der Ring an ihrem Finger.

Miau! Emily machte vor Schreck einen Luftsprung und starrte dann auf das Bett. Sie traute ihren Augen nicht.

Auf der Steppdecke ausgestreckt lag Peter, der Kater.

Im selben Moment hörte sie den leichten Schritt der Zofe Félice auf dem Gang draußen.

Emily sprang auf das Bett zu, packte den Kater, stopfte ihn in den Schrank und knallte die Tür zu. Als die Zofe das Zimmer betrat, stand sie mit dem Rücken an die Tür gelehnt da.

»Ich brauche dich heute abend nicht«, sagte Emily. »Ich ziehe mich selbst aus.«

Jaul.

Das Mädchen starrte Emily, die die Hände vor das Gesicht geschlagen hatte und ziemlich ähnlich wie der Kater jaulte, an. »Ich – ich bin furchtbar leidend, F-Félice«, jammerte sie. »Geh schnell aus dem Zimmer.«

»Ja, Mylady«, ertönte die ängstliche Stimme des Mädchens. »Lassen Sie mich nur Myladys Kleiderständer suchen und das Bett aufschlagen und...«

Jaul machte der Kater, und jaul, jaul, jaul machte Emily. Félice wußte von dem Verbot, mit dem Peter belegt war.

Emily hatte schreckliche Angst, daß das Mädchen auf der Stelle zu Devenham ging, wenn sie herausfand, daß der Kater da war.

»Geh!« schrie Emily.

Félice floh. Mit einem Seufzer der Erleichterung öffnete Emily die Schranktür.

»Armer Peter«, sagte sie, nahm den Kater und trug ihn zum Bett. »Armer, armer Peter.«

Sie streichelte den Kater und redete unsinniges Zeug mit ihm, während dieser laut schnurrte und seinen großen Kopf mit dem verletzten Ohr an ihrem Kinn rieb.

»Wie, in aller Welt, hast du es geschafft, so weit zu reisen? Wenigstens wird er heute nacht keinen Versuch machen, zu mir zu kommen, Peter«, sagte Emily und setzte den Kater auf den Boden. »Dafür ist er viel zu wütend auf mich.«

Sie begann sich auszuziehen und zum Schlafen fertigzumachen. Félice war sehr besorgt. Daß ihre Herrin wahnsinnig geworden war, war ihr nur zu schmerzlich klar. Eine gute Dienerin durfte sich nicht in die Angelegenheiten ihrer Herrschaften einmischen. Aber was war, wenn Mylady so komisch jaulte, weil sie krank war? Und was war, wenn der Graf entdeckte, daß Félice ihre Pflichten vernachlässigt und Mylady allein gelassen hatte?

Félice hatte großen Respekt vor dem Grafen.

Sie war schon auf dem halben Weg nach unten und stand auf dem Treppenabsatz, als der Diener des Grafen mit einem Stoß frisch gestärkter Halsbinden über dem Arm die Treppe heraufkam.

Félice mochte den Diener, der sich John Phillips nannte. Sein wirklicher Name war Jean-Philippe Danton, aber er hatte seinen Namen, lange bevor er in die Dienste des Grafen eintrat, der englischen Sprache angepaßt. Da er aus dem Kanton Vaud stammte, konnte Félice mit ihm in ihrer Muttersprache reden. Was seine Muskelkraft betraf, so hielt er keinen Vergleich mit dem zweiten Lakaien aus, denn er war ein drahtiger kleiner Mann mit einem blassen Gesicht und einem spöttischen Gesichtsausdruck, aber Félice hatte ihn so liebgewonnen, wie es nur möglich war, ohne eigentlich verliebt zu sein. Auf französisch erzählte sie ihm die Szene, die sich gerade bei Emily abgespielt hatte.

»Du mußt unbedingt zu Mylord gehen«, riet ihr John. »Er trinkt Wein im Salon. Mylady könnte unwohl sein.«

Mit gallischer Geradlinigkeit gab ihm Félice zu verstehen, daß Mylady um diese Zeit des Monats kaum unwohl sein könne, aber sie stimmte ihm dennoch mit einem kleinen Achselzucken zu, daß es besser sei, dem Herrn Bescheid zu sagen.

Die Tatsache, daß der Graf ganz besonders grimmig und bedrohlich aussah, schreckte Félice nicht ab, da sie der Ansicht war, es sei das gute Recht eines richtigen Aristokraten, grimmig und bedrohlich auszusehen.

Sie stürzte sich sogleich in eine dramatische Beschreibung von Emilys Kummer.

»Vielen Dank«, sagte der Graf, als sie fertig war. »Du kannst gehen. Es ist gut, daß du es mir gesagt hast. Ich gehe auf der Stelle zu Lady Devenham.«

Mit dem angenehmen Gefühl, ihre Pflicht getan zu haben, ging Félice nach unten in die Wirtschaftsräume, um sich einen Tee zu kochen und mit der Dienerschaft des Gasthofs zu plaudern, während sich der Graf in das Schlafzimmer seiner Frau begeben wollte. Die Tür war jedoch versperrt.

Er klopfte so lange, bis er Emily rufen hörte: »Wer ist da?«

»Ich bin es, Peregrine«, rief er. »Félice hat mir erzählt, daß du ganz außer dir bist.«

Emily schaute den Kater an, und der Kater schaute Emily an. Beim Klang der Stimme des Grafen sträubte sich sein Fell.

»Es geht mir wieder sehr gut«, rief Emily. »Ich hatte Kopfschmerzen.«

»Mach die Tür auf.«

Emily hatte immer wissen wollen, was es bedeutete, die Hände zu ringen. Jetzt wußte sie es.

Wenn Devenham den Kater entdeckte, würde er sich von ihr scheiden lassen, sie schlagen oder sogar töten. Wenn sie das Tier in den Schrank sperrte, würde es wieder jaulen und schreien, und sie glaubte nicht, daß man den Grafen so leicht wie Félice zum Narren halten konnte.

Die Verzweiflung machte sie kühn, und sie rief: »Geh in dein Zimmer, mein Lieber. Ich komme gleich nach.«

Es herrschte Schweigen, während sie mit klopfendem Herzen wartete.

Dann ertönte die Stimme des Grafen überrascht und erfreut: »Einverstanden, meine Liebe. Laß mich nicht zu lange warten.«

Seine Schritte entfernten sich.

»Da hast du es!« fauchte Emily den Kater an. »Du nichtsnutziger Fußabstreifer, du! Ich verliere meine Jungfräulichkeit, damit er uns nicht allen beiden den Hals umdreht.«

Emily fühlte sich wie eine französische Adelige auf dem Gang zum Schafott, als sie einen Halter mit einer Kerze nahm und den Korridor entlang zum Zimmer ihres Ehemannes eilte. In ihrer Angst und Aufregung vergaß sie, ihre eigene Tür fest hinter sich zuzuziehen.

Sie stieß die Tür zum Zimmer des Grafen auf. Er stand in seinem Nachthemd da.

Du lieber Himmel, dachte Emily, der Mann muß sich die Kleider vom Leib gerissen haben, um so schnell ausgezogen zu sein. Dann fand sie es seltsam, daß ein Mann in einem weißen Nachthemd mit üppigem Spitzengeriesel am Hals und den Handgelenken es fertigbrachte, so überwältigend männlich auszusehen. Sein in der Mitte der Stirn spitz zulaufender schwarzer Haaransatz und die dünnen schwarzen Augenbrauen verliehen ihm ein teuflisches Aussehen.

Er lächelte sie liebevoll an, und auf einmal hatte Emily das Gefühl, daß alles gut sei und sie dem verdammten Kater vielleicht sogar dankbar dafür sein sollte, daß er sie zwang, den notwendigen Schritt zu tun.

Der Graf breitete die Arme aus, und Emily ging auf ihn zu und barg den Kopf an seiner Brust. Dabei fühlte sie die

Wärme seines Körpers und das gleichmäßige Klopfen seines Herzens an ihrer Wange.

Er hob sie vorsichtig hoch, trug sie zu seinem Bett und legte sie darauf. Dann streckte er sich neben ihr aus und nahm sie wieder in die Arme. Es ist sehr seltsam, dachte Emily, daß wir auf den Decken liegen. Man schlüpft doch sicherlich darunter, um all diese dunklen, düsteren Mitternachtstaten auszuführen. Und er hatte die Kerzen brennen lassen!

Er zog sie an sich und drückte ihren Körper an seinen. Er küßte ihre Augenlider, ihre Backenknochen und ihre Nasenspitze. Sie spürte, wie ihre Brüste anschwollen und härter wurden, und hoffte, arglos wie sie war, daß das alles natürlich und richtig sei. Sie nahm den leichten Geruch nach Wein, Lavendelwasser und Seife, den er ausströmte, wahr. Seine Lippen liebkosten die ihren zärtlich, und sie vergaß alles um sich herum. Oder beinahe alles. Gerade als ihr Körper dahinschmolz und sich mit seinem vereinen wollte, als sich ihre Lippen öffneten, als der drängende, bittersüße Schmerz im Magen sie dazu trieb, sich nach größerer Nähe zu sehnen, hörte sie einen dumpfen Schlag an der Tür. Ganz weit unten an der Tür.

Peter.

Emily erstarrte urplötzlich in den Armen des Grafen und wartete auf das erste verräterische Jaulen.

Der Graf hörte auf, sie zu küssen, und stützte sich auf den Ellbogen. »Was ist los, meine Liebe?« fragte er mit heiserer, verführerischer Stimme.

Wieder ein Schlag.

Emily fuhr zusammen, aber der Graf hatte nichts gehört – noch nichts – und wartete auf ihre Antwort.

Die arme Emily dachte an seine rasende Wut, wenn er den Kater draußen entdeckte. Sie konnte ja nicht wissen, daß er ihr einen ganzen Zoo gestattet hätte, wenn sie sich ihm nur hingegeben hätte.

»Ich kann nicht.«

Sie befreite sich aus seiner Umarmung, sprang aus seinem

Bett und eilte, nur mit ihrem dünnen Nachthemd bekleidet, zum Zimmer hinaus. Vor der Tür fiel sie der Länge nach über den Kater, rappelte sich hoch, packte das Tier und rannte in ihr Zimmer. Sie warf die Tür hinter sich zu und versperrte sie.

Was soll ich bloß tun? dachte Emily. Oh, der arme Peregrine. Er wird mich immer und ewig hassen.

»Ich hasse dich«, sagte sie zu dem Kater, der schon wieder außer sich vor Entzücken auf dem Bett stand und schnurrte. Er bewegte die Vorderpfoten rhythmisch auf und ab und zog mit den Krallen feine Fäden aus der Bettdecke.

Da fiel Emilys Blick auf die kleine Milchkanne auf dem Teetablett. Sie goß etwas Milch in eine Untertasse und fügte vorsichtig ein paar Tropfen Laudanum hinzu.

Der Kater schleckte die Milch begeistert auf, streckte sich wohlig und setzte sich dann vor das Kaminfeuer. Er begann sich zu putzen, während Emily verzweifelt darauf wartete, daß er einschlief.

»Ich wage es nicht, dem Vieh noch mehr zu geben«, sagte sie laut, »sonst könnte er sterben.«

Mittlerweile hatte der Graf ins Kissen gebissen, gegen die Wand geschlagen, eine halbe Flasche Branntwein getrunken und sich in den Hinterhof des Gasthauses geschleppt, wo er sich unter die Pumpe stellte.

Naß, kalt, demoralisiert und müde kletterte er die Stufen zu seinem Zimmer hinauf.

Emily stand mitten in seinem Zimmer und wartete auf ihn. Der Kater war endlich eingeschlafen.

»Peregrine«, sagte sie sanft und streckte die Arme aus.

Der Graf warf ihr einen entsetzten Blick zu. »Ich habe heute abend mehr ertragen, als ein Mann ertragen kann, Madam«, knirschte er. Er führte sie zur Tür, stieß sie in den Korridor hinaus und versperrte die Tür hinter ihr.

Emily ging in ihr Zimmer zurück und weinte sich in den Schlaf.

Am Morgen stand sie müde auf, bohrte Löcher in eine

Hutschachtel und stopfte den betäubten und schweren Kater hinein. Der Graf frühstückte in seinem Zimmer.

Schweigend kletterten sie später in die Kutsche. Emily stellte die Hutschachtel mit dem Kater auf den Sitz gegenüber und ihre Schmuckschatulle und eine andere Hutschachtel zur Tarnung daneben.

Der Graf sagte nicht ein einziges Wort. Er schien wieder Herr seiner selbst und seiner Gefühle zu sein – »schuldig unschuldig, eisig rechtschaffen, glorreich unbedeutend«.

Er war jeder Zoll der perfekte englische Aristokrat. Sein absolut unbewegtes Gesicht schien zu sagen: Das sind meine Kutsche, meine Diener, meine Frau, in dieser Reihenfolge.

Seine schweren Augenlider fielen ihm zu, und er schlief, noch ehe der Gasthof außer Sicht war, ein.

In den Außenbezirken von London erwachte er. Emily machte freundliche Bemerkungen über das Wetter – kalt –, die Vororte – malerisch – und die Lage der Nation – verworren –, worauf er antwortete: »In der Tat, ach nein« und »wirklich«, bis sie in unbehagliches Schweigen verfiel.

Sie näherten sich seinem Stadthaus am Clarence Square im West End von London, als sich der Deckel der Hutschachtel zu bewegen begann. Zu entsetzt, um etwas zu tun oder zu sagen, saß Emily wie versteinert da.

Ein großer, haariger Kopf arbeitete sich hervor, und ein grünes Auge musterte den Grafen und seine schwer geprüfte Frau.

»Ich bin froh, daß Sie in London Gesellschaft haben, Mylady«, meinte Graf Devenham mit einem Blick auf den Kater, »denn von mir werden Sie nicht viel zu sehen bekommen.«

Neuntes Kapitel

Es war ein ganz anderes London als das London, das Emily gekannt hatte. Das West End war Welten entfernt von dem geschäftigen Trubel der City. Auf den ersten Blick erschien es ihr ein bißchen eintönig: die breiten Gehsteige, die Steinstufen, die zu den Eingängen hinaufführten, die Eisengeländer und Lampen; jedes Haus sah genauso aus wie das benachbarte, wenn man von der Nummer an der Tür und dem Namen des Bewohners absah. Bei Nacht wurde die Geradlinigkeit der Straßen noch durch die lange Reihe von Laternen unterstrichen, die in gleichmäßigen Abständen angeordnet waren.

Selbst die langweiligen Plätze waren so proper, als hätte sie ein Kind mit dem Baukasten gebaut. Die Häuser umstanden einen eingezäunten Platz mit beschnittenen Bäumen, beschnittenen Büschen und beschnittenem Rasen.

Es schien keine Hoffnung auf Frühling mehr zu geben. Ein Tag war so wolkig und neblig wie der nächste, sie waren alle gleichförmig grau. Manchmal durchdrang ein Sonnenstrahl den immerwährenden Nebel, und am Ende der Straßen schwebten goldene Schleier, aber nur zu bald erlosch das kurzlebige Licht wieder, und der Nebel legte sich von neuem über die Sonne.

Die Luft war voller kleiner Rußpartikel, rußigem Schnee nicht unähnlich, der sanft auf die eleganten Gewänder fiel und an Kleidern und Wäsche haftete. Unter dem modernen Namen Influenza hatte die Krankheit, die man gewöhnlich Grippe nannte, vor kurzem London heimgesucht.

Die Themse teilte London nicht so wie die Seine Paris, das heißt, in zwei Hälften. Die andere Seite der Themse, die Surrey-Seite nämlich, war nichts weiter als ein ausgedehnter Vorort mit Lagerhäusern und Fabriken.

Emily überlegte, daß sich London, wenn sie die Möglichkeit hätte, darüber zu fliegen, als schwarzweiß gefleckt wie das Fell eines riesigen schlafenden Tieres darstellen würde. Die Gebäude waren hauptsächlich aus Portlandstein errichtet. Der Rauch hatte die weißen Wände verschmutzt, nur teilweise wusch der Regen sie sauber. Manchmal war eine ganze Säule so weiß wie Kalk und die unmittelbar danebenstehende so schwarz wie der Ruß, der sie geschwärzt hatte.

Am Abend, wenn die Dämmerung hereinbrach, wurde London zu einem zauberhaften Ort – mit all den Kutschen, die über das Kopfsteinpflaster rollten, und den Häusern, die im Laternenlicht glänzten. Dann kamen auch die Geschäfte erst richtig zur Geltung, wenn viele tausend Kerzen das Silber, die Stiche, die Bücher, die Uhren, das Zinngerät, die Gemälde, die Galanteriewaren, das Gold und die kostbaren Edelsteine, die endlosen Kaffeehäuser und die Lotteriebüros in ihr Licht tauchten. Die Straßen sahen aus wie ein buntbeleuchteter Jahrmarkt. In den Schaufenstern der Apotheken glitzerten die Arzneigläser gelb, grün und purpurrot. Am meisten Bewunderung aber erregten die Konditoreien mit den Kandelabern und Girlanden, den spanischen Trauben und den Ananas, den Pyramiden aus Äpfeln und Orangen und den üppigen Kuchen und Torten, die von besonders hübschen Mädchen mit Seidenhäubchen und weißen Armen serviert wurden.

Und der Lärm! Das Gewirr, Geplapper und Durcheinander von tausend Stimmen, das Schlagen der Glocken von den Kirchtürmen, die Postboten, Drehorgeln, Fiedeln, die Leierkästen der Marktschreier und die Rufe der Straßenverkäufer, die warmes und kaltes Essen feilboten.

Félice konnte sich gar nicht satt sehen an all dem, und Emily ging manchmal nur zum Einkaufen, weil das Vergnügen ihrer Zofe auch ihr Freude machte und sie ihr Leben als nicht ganz so trostlos empfand.

Der Graf war selten zu Hause. Emily empfing Besucher und erhielt Einladungen, war aber zu schüchtern, um sich allein aus dem Haus zu wagen. So stapelten sich die steifen goldenen Karten – Einladungen zu Bällen, Redouten und Theateraufführungen – auf dem Kaminsims und wurden sämtlich mit einer höflichen Entschuldigung beantwortet.

Unter den Besuchern waren auch einige Dandys, die nur zu bereit waren, sich an eine hübsche verheiratete Lady, deren Gatte nie da war, heranzumachen, aber Emily nahm von keinem wirklich Notiz.

Sie fand sich damit ab, zu lesen, Handarbeiten zu machen und mit dem Kater zu reden. Manchmal liebte sie den Kater, manchmal haßte sie ihn. Katzen waren ja so schwierig. Sie reagierten oft geradezu menschlich, während Hunde unkompliziert, fröhlich, anspruchslos und liebevoll waren.

»Ich verkaufe dich und kaufe mir einen Hund«, pflegte Emily zu drohen, und Peter legte die Ohren flach, peitschte mit dem Schwanz und begann dann zu schnurren, denn er glaubte kein Wort davon.

Der Graf stattete der schönen Cordelia Besuche ab, aber er brachte es nicht über sich, wieder intime Beziehungen mit ihr aufzunehmen. Er war sich klar darüber, daß sie ausgiebig geklatscht hatte, und das setzte sie in seinen Augen in den Rang einer Halbweltdame herab. Cordelia merkte nicht, daß sich seine Einstellung ihr gegenüber geändert hatte, und dachte, er sei eben vorsichtig, weil seine Frau in der Hauptstadt war. Deshalb hoffte sie weiter auf seine Scheidung und die anschließende Heirat.

Endlich blies ein warmer Frühlingswind den Nebel auseinander. Ein blasser, enteneiblauer Himmel breitete sich über London, und an den Zweigen der Bäume im Park flatterten die zarten Frühlingsblätter im Wind.

Der Graf ritt an diesem ersten schönen Tag mit seinem Freund Arthur Chester aus. Er konnte sich nicht mehr recht erinnern, warum er überhaupt vorgeschlagen hatte, nach London zu gehen, und sehnte sich danach, auf das Land zurückzukehren und das Wachstum der Pflanzen zu beobachten.

Nach einem kräftigen Galopp hielten sie unter einer Eiche an, sprangen vom Pferd und schlenderten über das frische Gras.

»Weißt du«, begann Mr. Chester, »etwas erscheint mir seltsam, aber ich glaube, daß ich es besser nicht erwähnen sollte.«

»Dann laß es bleiben«, erwiderte der Graf, der kaum hinhörte. Es war ihm auf einmal eingefallen, daß der Abend, an dem Emily seine Annäherungsversuche im Bett zurückgewiesen hatte, genau der Abend gewesen war, an dem sie ihm zu erkennen gegeben hatte, daß sie von Cordelia wußte.

»Nun, es ist verdammt komisch«, fuhr Chester fort. »Ganz London redet über dich, obwohl doch die Saison noch nicht einmal begonnen hat. Die Leute sagen schon, daß du eine Art Blaubart bist.«

»Was?«

»Ja, Lady Devenham geht niemals aus. Jerry Banks hat allen erzählt, daß er ihr neulich Blumen und ein Buch mitgebracht hat. Er hat gesagt, es könne einem Mann das Herz brechen, daß eine so außergewöhnliche Schönheit im verborgenen blühen muß.«

Der Graf zog ärgerlich die Stirn in Falten. Sein erster Gedanke war Erstaunen darüber, daß man Emily wirklich für schön hielt. Er fand sie für ländliche Begriffe schön, mußte aber einräumen, daß er schließlich an ihr Aussehen gewöhnt war.

»Und der junge Guy Fox hat ihr ein Gedicht geschickt, aber es hat ihr nicht wirklich gefallen. Es muß ein bißchen zu herzlich gewesen sein, denn sie hat es mit einem kleinen Briefchen zurückgeschickt, in dem stand, die Gefühle seien ihrer Meinung nach zu heftig, und als deine Frau könne sie das Gedicht nicht annehmen. Und Jack Delancey...«

»Jetzt gehst du aber zu weit. Delancey ist der übelste Herzensbrecher in der Stadt.«

Mr. Chester stocherte mit seiner Peitsche im Gras herum.

»Um die Wahrheit zu sagen«, meinte er vorsichtig, »das sagen die Leute über dich.«

»Ich gebe ihnen keinen Anlaß dazu.«

»Was Cordelia erzählt hat, reicht ja wohl.«

»Dummer Klatsch und Tratsch.«

»Sie hätte nichts zu klatschen gehabt, wenn du ihr nichts erzählt hättest.«

Der Graf wurde rot. Er konnte nicht glauben, daß er derjenige war, der unrecht hatte. Er hatte sich großmütig gezeigt. Er hatte die Ehe akzeptiert. Er hatte sich Emily nicht aufgezwungen. Alles, was er getan hatte, war... sie der Lächerlichkeit preisgegeben? Verdammte Cordelia! Ihr Mundwerk war so lose wie ihr... macht nichts.

»In der Tat«, sagte der Graf und bemühte sich, einen leichten Ton in der schuldbeladenen Atmosphäre anzuschlagen, »habe ich einen Rivalen um die Liebe meiner Frau. Peter. Sie schläft jede Nacht mit ihm und streichelt ihn zärtlich.«

»Das würde mich sehr wundern. Ich glaube kein Wort davon. Lady Devenham ist ein Engel. Sie ist die unschuldigste Dame der eleganten Gesellschaft.«

»Ich scherze nur«, erklärte der Graf gutmütig. »Ich habe von ihrem Kater gesprochen. Aber ich wußte gar nicht, daß du meiner Frau einen Besuch abgestattet hast.«

»Das wenigste, was ich tun konnte«, murmelte Mr. Chester. »Das arme, einsame Ding.«

»Darf ich dich daran erinnern, daß du von meiner Frau sprichst.«

»Wir haben zunächst alle gedacht, sie hat es nicht anders verdient«, sagte Mr. Chester. »Teils, weil Cordelia überall von deiner Scheidung redete, und teils, weil du nie zu Hause warst. Die Leute flüstern sich sogar zu, daß Lady Devenham noch Jungfrau sei.«

»Genug!« rief der Graf. »Wir wollen nicht mehr über meine Frau sprechen, und du kannst verbreiten, daß jeder, der es tut, gebeten wird, seine Sekundanten zu benennen.«

Er machte auf dem Absatz kehrt und eilte mit großen

Schritten davon, während ihm Mr. Chester traurig nachblickte.

Die schrecklichsten Gefühle der Reue überkamen den Grafen. All diese langen Jahre in der Armee hatte er seine Gedanken unter Kontrolle gehalten. Er hatte das Gefühl, daß er mit den Männern, die seinem Kommando unterstanden, klug und gerecht umgegangen war. Das Bild von Mary Anstey, die treu auf ihn wartete, hatte ihn vor den Ausschweifungen seiner Offizierskameraden bewahrt. Er war entsetzt, als er bei seiner Rückkehr feststellen mußte, daß seine Gefühle für Mary vollkommen erloschen waren. Er hatte es nicht glauben können und den Ansteys die Schuld daran zugeschoben, weil sie eine reine und zarte Liebe in den Schmutz gezogen hatten. Es war ihre Schuld, daß seine Liebe schwächer geworden war und schließlich ganz aufgehört hatte. Emily, die sich bei der Hochzeit als ihre Schwester ausgab, schien ganz gut in dieses Bild von den Ansteys zu passen.

Aber du wolltest sie, quälte ihn sein Gewissen. Die Wahrheit ist, daß es Emily Anstey war, die du in Wirklichkeit wolltest, nur dein Stolz hat dich daran gehindert, es dir einzugestehen. Er schüttelte den Kopf, als ob er ihn von den Gedanken befreien wollte. Er fühlte sich wie ein alter, lasterhafter Tyrann. Kein Wunder, daß sie sich an dieses lächerliche Tier hielt. Sie war einsam.

Es war mitten am Nachmittag, und das elegante London begann gerade, seine Nase vorsichtig aus der Tür zu strecken.

Voller Schuldbewußtsein erinnerte er sich, daß er tagsüber so gut wie nie zu Hause gewesen war. Er hatte im Kaffeehaus gefrühstückt, mittags in einer Konditorei gespeist und abends in einem seiner Clubs. Heimgegangen war er immer erst in den frühen Morgenstunden.

Es ist nicht zu spät, sich zu bessern, dachte er. Er fühlte eine so plötzliche Anwandlung von zärtlicher Liebe für seine junge Frau, als er die Eingangshalle seines Stadthauses betrat, daß er sie auf der Stelle geküßt hätte, wenn sie ihm entgegengekommen wäre.

Er legte Hut und Peitsche auf den Tisch in der Halle, trat vor den Spiegel und strich seine Halsbinde glatt.

Mit einem Gefühl der Vorahnung, das er sonst gar nicht kannte, wandte er sich vom Spiegel ab, um auf die Suche nach seiner Frau zu gehen.

Krach!

Eine Vase flog direkt an seinem Ohr vorbei und zerbrach in roten und goldenen Scherben auf dem Boden.

Er blickte auf.

Peter, der Kater, erwiderte seinen Blick höchst blasiert von einem Sims neben dem Spiegel. Der Graf streckte drohend die Hand aus, worauf sich Peter auf die Hinterpfoten setzte und mit seiner Vorderpfote nach ihm schlug.

In diesem Augenblick kam Emily herbeigeeilt; der Graf vergaß seine Schuldgefühle und seine Zuneigung zu ihr vollständig und schaute ihr böse in die großen, erschrockenen Augen.

»Das Tier hat gerade eine chinesische Vase aus der Ming-Periode zertrümmert«, sagte er.

Emily machte einem Lakaien ein Zeichen, er solle die Scherben aufsammeln. »Sie war nicht aus der Ming-Periode, Devenham«, sagte sie sanft. »Es war ein ziemlich scheußliches Stück, das mir Lord Brockenham geschenkt hat. Er hat sie selbst gemacht und war so stolz darauf. Er hat sie getöpfert, mußt du wissen. Ich habe sie auf den Sims gestellt, weil Peter dort gewöhnlich sitzt, und ich habe gehofft, daß er sie herunterstößt, damit ich Lord Brockenham ganz ehrlich erzählen kann, daß der Kater sie zerbrochen hat.«

Er beobachtete sie schweigend, und Emily fühlte Angst in sich aufsteigen. Sein Blick war so streng. In Wirklichkeit sah der Graf seine Frau plötzlich mit anderen Augen. Er nahm den goldenen Glanz ihrer Haare wahr, ihren blühenden Teint und ihre bildhübsche Figur, die in dem Tageskleid aus feinstem Musselin gut zur Geltung kam. Dann bemerkte er die Schatten unter ihren Augen und spürte heftige Gewissensbisse. Er wollte sich gerade für seine ständige Abwesenheit entschuldigen, als sie sagte: »Ich muß zu meinen Besuchern zurück, Devenham.« So sagte er nur: »Dann komme ich mit dir.«

Seine schwarzen Brauen zogen sich ärgerlich zusammen, als er den Raum betrat. Es waren mindestens sechs Herren einschließlich des berühmt-berüchtigten Frauenhelden Jack Delancey anwesend. Eine Dame war nicht da.

Er war so frostig abweisend, daß er die Gäste bald vertrieben hatte.

Emily fühlte sich niedergeschlagen. Es war so sinnlos, zu versuchen, diese Ehe, die nur dem Namen nach bestand, aufrechtzuerhalten. Sie mußte den Mut aufbringen, ihm seine Freiheit wiederzugeben und ihn seinen Weg gehen zu lassen.

Er blätterte den Kartenstoß auf dem Kaminsims flüchtig durch und zog eine silbern verzierte Einladung heraus. »Ich sehe, daß Lord und Lady Foss einen Ball geben«, sagte er. »Sie haben eine ausgesprochen hübsche Villa in Kensington.«

»Das Ballfest findet heute abend statt«, wandte Emily schüchtern ein. »Ich habe ihnen eine Absage geschickt.«

»Und welchen Entschuldigungsgrund hast du angegeben?«

»Ich habe geschrieben, du seist indisponiert, Devenham.«

»Vielleicht war ich das«, sagte er und mußte plötzlich lachen. »Würdest du denn trotzdem gerne hingehen?«

»O Devenham, ich bin noch nie auf einem Ball der eleganten Welt gewesen.«

»Dann schicke ich einen Lakaien hin, der ihnen Bescheid gibt, daß wir kommen.«

»Ich habe kein Ballkleid, das fein genug ist, Devenham.«

»Das Kleid, das du da anhast, ist neu. Du hast doch bestimmt auch ein Abendkleid bestellt.«

»Hm, ja«, sagte Emily ängstlich, »aber als sich herausstellte, daß wir nie ausgehen, habe ich es wieder abbestellt. Papa hat immer gesagt, auch wenn wir Geld haben, sollen wir es nicht zum Fenster hinauswerfen.« Sie ließ den Kopf hängen.

»Ich bin davon überzeugt, daß du noch etwas findest«,

sagte er entgegenkommend, und seine Stimme klang ein bißchen rauh. »Hol deinen Hut und rufe Félice. Ich kenne eine Schneiderin, die etwas für dich zaubert.«

»Wenn ich mir vorstelle, daß du Schneiderinnen kennst, Peregrine«, sagte Emily und gluckste vor Lachen. Dann erstarb ihr das Lachen auf den Lippen, und ein Schatten flog über ihr Gesicht.

Er legte ihr sanft die Hände auf die Schultern. »Es gibt keine andere Frau in meinem Leben... Jetzt nicht mehr, Emily«, sagte er.

»Aber es gab eine?« fragte Emily und hob die Augen, in denen Tränen glitzerten.

»Ja, es gab eine. Aber es ist aus. Vertraust du mir?«

»O ja«, sagte Emily, die plötzlich sehr glücklich war.

»Dann hol deinen Hut«, sagte er.

Mary Anstey und ihre Eltern gingen noch einmal alles durch, was sie über Emilys Ehe erfahren hatten, und fanden, das Ergebnis sei eine Katastrophe. »Es ist in der ganzen Stadt bekannt«, meinte Mr. Anstey. »Devenham will sie nicht.«

»Ich denke, wir sollten sie aufsuchen«, sagte Mary entschlossen. »All diese Verschwörungen und Intrigen sind lächerlich, und es war deine Idee, Mama. Du klammerst dich immer noch an die Hoffnung, daß Emily Gräfin Devenham bleibt.«

»Eine Scheidung«, jammerte Mrs. Anstey. »Die Schmach. Die Schande.«

»Ich finde, das Glück unserer Tochter hat Vorrang vor allem anderen«, sagte Mr. Anstey. »Darin hat Mary ganz recht. Wir müssen einfach hinfahren und Emily fragen, ob sie glücklich ist. Unsere Späher sagen, daß sie das Haus am Clarence Square nie verläßt.«

Es war neun Uhr abends, als die Kutsche der Ansteys vor dem Stadthaus des Grafen vorfuhr. Drei betroffene Gesichter starrten den Butler an, als dieser verkündete, Mylord und Mylady seien nicht zu Hause.

»Dann warten wir«, sagte Mr. Anstey, keinen Widerspruch duldend.

Emily war im siebten Himmel, als sie am Arm ihres hochgewachsenen Mannes dahinspazierte, während Félice und ein Lakai ihnen folgten. Auf einmal waren die Geschäfte wirklich zauberhafte Orte voll wunderbarer Dinge. Die Londoner Ladenbesitzer waren stolz auf ihre Häuserfronten. Die kleinen Säulenvorbauten mit ihren Pfeilern und Simsen waren antikem Marmor und Porphyrgestein nachgebildet. Und die Ladeninhaber, die das Glück hatten, Hoflieferanten zu sein, hatten große Wappen ihrer Gönner über den Türen angebracht, und ihr eigenes Firmenschild war mit goldenen Lettern gesetzt.

Vor den Schnupftabak- und Tabakgeschäften standen hölzerne Schotten aus dem Hochland und starrten mit ihren gemalten Augen die eleganten Damen und Herren streitlustig an.

»Unser Prinzregent ist ganz versessen auf schottische Volkstänze«, sagte Emily scheu. Sie versuchte vorsichtig, ihren Mann mit ein bißchen harmlosem Londoner Klatsch aus der Reserve zu locken.

»Seine Königliche Hoheit geht manchmal etwas weit.« Der Graf lachte. »Auf einem Ball, den die Herzogin von York für Prinzessin Charlotte gegeben hat, hat Prinny für große Verwirrung gesorgt. Ganz plötzlich, mitten in einem Tanz, hebt er seine gewaltigen Körpermassen von der Couch und verlangt, daß man einen schottischen Hochländer spiele. Charlotte müsse die Schritte lernen, und er selbst wolle sie ihr beibringen.

In der Mitte des Raums wurde Platz geschaffen, damit der Prinzregent tanzen konnte. Während die Prinzessin brav seinen Kapriolen folgte, stellte er sich auf die Zehenspitzen, breitete die Arme aus und hüpfte und hopste unter Ausstoßen gälischer Schreie umher, bis ihn ein letzter Hopser flach auf den Boden streckte.

Charlotte, die ihr Kichern hinunterschluckte, eilte ihm zu Hilfe. Seine Begleiter, die betont feierlich taten, hoben ihn hoch und trugen ihn nach Hause ins Bett. Der arme Prinny!«

Emily lachte entzückt, aber eher, weil ihr wunderbarer Mann sich bemühte, sie zu unterhalten, als weil sie das Mißgeschick des Prinzregenten so amüsant fand.

Sie blieben vor einem Juweliergeschäft stehen und betrachteten im matten Licht des Schaufensters die Edelsteine. »Zeig mir deinen Ehering«, verlangte der Graf plötzlich.

Emily drehte aufgeregt an dem schweren goldenen Ring. »Er geht nicht ab, Peregrine«, sagte sie. »Warum willst du ihn?«

»Ich habe ihn nie gravieren lassen«, antwortete er. »Zieh deinen Handschuh wieder an. Vielleicht ein anderes Mal. Es ist so eine sentimentale Idee von mir. Ich dachte an einen der alten jakobäischen Reime, etwas Hübsches. Keine Angst. Ich habe nicht die Absicht, dem Bischof von Salisbury nachzueifern.«

»Was hat er denn getan?« fragte Emily erleichtert, denn plötzlich hatte sie die Angst gepackt, daß er ihr den Ring wegnehmen wollte.

»Nun, Dr. John Thomas, der Bischof von Salisbury, heiratete 1753 zum viertenmal, und in den Ehering, den er seiner Frau ansteckte, hatte er gravieren lassen: ›Wenn ich überlebe, der fünften ich ihn gebe.‹«

»Wie schrecklich, Peregrine. Ich hoffe, seine Frau ließ es ändern.«

»Ich weiß es nicht, mein Liebling.«

Emily errötete bei diesem Ausdruck seiner Zuneigung. Wie fröhlich und glänzend ihr London jetzt erschien mit den Damen in ihren dünnen, flatternden Musselinkleidern und den stattlichen Dandys, die in ihren steifleinengefütterten Überröcken vorbeistolzierten. Von der Seite warf sie einen verstohlenen Blick auf den Grafen. Er trug einen blauen Tagesanzug mit Messingknöpfen, und wie immer war seine Halsbinde so perfekt geschlungen, als sei sie in Stein gemeißelt, und doch machte er den Eindruck, als fühle er sich in seiner Kleidung wohl. Sie war froh, daß er es nicht mit der Liederlichkeit vieler Männer von Welt hielt, die meinten, es sei ganz besonders schick, in schlechter Haltung und ihrem Kutscher möglichst ähnlich durch die Straßen zu schlendern. In diesen Tagen trugen wenige Männer einen Dreispitz; die meisten hatten hohe Seidenhüte auf dem Kopf. Das war seltsam, wenn man sich überlegte, daß erst vor kurzem der Londoner Modeschöpfer, der den ersten Seidenhut entworfen und getragen hatte, eine solche Aufregung verursacht hatte, daß er wegen Ruhestörung angeklagt wurde. Denn angeblich war die »hohe Konstruktion, die so glänzte, dazu angetan, furchtsame Leute zu erschrecken«. Die »St. James's Gazette« berichtete, daß mehrere Frauen bei seinem Anblick in Ohnmacht fielen, Kinder schrien, Hunde bellten und ein kleiner Junge sogar den Arm brach.

»Wo wollen wir anfangen?« fragte der Graf.

Emily wollte auf einmal nicht direkt zu der Schneiderin gehen – zu der Schneiderin, die der Graf offenbar so gut kannte. »Vielleicht könnten wir mir ein paar Federn für meine Hüte kaufen«, sagte sie. Zigeunerhüte, die mit zahlreichen Federn geschmückt waren, waren große Mode.

»Einverstanden«, sagte er und bog in die Oxford Street ein. Emily wünschte, er wüßte nicht gar so gut, wo man Accessoires kaufte.

Sie gingen zu Nicholays Pelz- und Federnmanufaktur in der Oxford Street 82. Obwohl die Oxford Street nicht ganz so elegant war wie die Tottenham Court Road, galt Nicholay als *der* Schmuckfedernhersteller. Aber selbst hier war Seine Lordschaft offensichtlich bekannt. Ein Schatten flog über Emilys Gesicht.

»In meiner Jugend«, murmelte der Graf und wedelte mit einer langen Straußenfeder hin und her, wobei er Emilys niedergeschlagene Miene musterte, »war ich hier Stammkunde. Ich fand das Geschäft sehr geeignet, um Geschenke für meine weiblichen Verwandten auszusuchen.«

Emilys Miene hellte sich sofort wieder auf, und sie kaufte drei herrliche Federn für sich und drei, die sie Mary schicken wollte. Er hatte ihr schließlich mehr oder weniger gesagt, daß sie die einzige Frau in seinem Leben sei. Jetzt konnte sie sich auch auf den Besuch bei der Schneiderin freuen.

Zu den Räumen der Schneiderin gelangte man über eine Wendeltreppe am Piccadilly, dieser eleganten Verkehrsader, die nach den Peccadillos, den Spitzenmanschetten der Kavaliere, benannt war. Madame Dupont, die Schneiderin, gab auch nicht durch das kleinste Wimpernzucken zu erkennen, daß sie den Grafen schon einmal gesehen hatte. Natürlich könne man in solch kurzer Zeit kein Ballkleid anfertigen, sagte Madame und streckte die langen, schmalen Hände entschuldigend aus, aber der Zufall wolle es, daß eine Dame der allerersten Gesellschaft ein wunderschönes Ballkleid in Auftrag gegeben habe. Sie habe aber das Land verlassen müssen, bevor es geliefert werden konnte.

Emily war hin und her gerissen. Die Vorstellung, ein Kleid zu kaufen, das für eine andere Frau gemacht war, gefiel ihr gar nicht, aber es war die einzige Möglichkeit, so schnell zu einem neuen Ballkleid zu kommen. Ihre Zweifel verflogen, als Madame Duponts Gehilfinnen das Kleid hereinbrachten. Über einem engen Unterkleid aus goldener Seide funkelte das Kleid aus goldener Spitze. Madame Dupont führte sie zur Anprobe in ein anderes Zimmer. Es bedurfte nur einiger Nadelstiche und Abnäher, damit das Kleid perfekt saß. Mit dem Versprechen, das Kleid ändern und es an die Adresse der Gräfin Devenham schicken zu lassen, verließ Madame Dupont das Zimmer und überließ es ihren Gehilfinnen, Emily beim Anziehen ihrer eigenen Kleider zu helfen.

Als Emily etwa fünfzehn Minuten später leise wieder den Salon betrat, warf ihr der Graf einen schnellen, etwas verlegenen Blick zu und ließ rasch etwas, das wie eine Rechnung aussah, in seiner Tasche verschwinden. Emilys Zweifel und Ängste ergriffen mit einem Schlag wieder Besitz von ihr. Madame Dupont würde nicht im Traum daran denken, die Rechnung für das neue Ballkleid so schnell zu präsentieren; deshalb mußte es eine noch ausstehende Rechnung sein. Wessen Rechnung? Von welcher Frau? Mürrisch vor Angst, lehnte Emily die Einladung ihres Ehemanns zum Tee bei Gunters ab und sagte, sie wolle nach Hause gehen und sich ausruhen, bevor sie sich für den Ball zurechtmachte.

Der Graf sah ihr bedrücktes Gesicht und verfluchte innerlich Cordelia Haddington. Wie konnte sie nur so vulgär sein, Kleider bei Madame Dupont zu bestellen und der Schneiderin aufzutragen, sie möchte ihm die Rechnungen präsentieren? Er hatte das starke Bedürfnis, etwas zu Emily zu sagen, um den bekümmerten, enttäuschten Ausdruck aus ihrem Gesicht zu verscheuchen, aber ihm fiel nichts ein, was nicht alles noch schlimmer machen würde.

Emily ging zu Bett, sobald sie zu Hause waren, aber sie konnte nicht schlafen. Einerseits sehnte sie sich danach zu glauben, daß ihr Mann jetzt treu war, andererseits bestand eine böse kleine Stimme in ihrem Kopf darauf, daß er log.

Félice war bester Laune, als sie ihrer Herrin bei der Toilette für den Ball half. Sie hatte schon das Gefühl gehabt, daß es ein schlechtes Licht auf Lady Devenhams Zofe warf, wenn es Emily bisher nicht gelungen war, die Aufmerksamkeit ihres Gatten auf sich zu lenken. Sie war beinahe bereit, die Vorzüge ihres geliebten Lakaien zu vergessen, wenn nur ihre Herrin endlich den ihr zustehenden Platz in der Gesellschaft einnahm.

Hinter Félice ertönte ein gelangweiltes Miau, als sie die Lockenschere auf dem Spiritusöfchen erhitzte. Dieser Kater! Félice wußte ebenso wie die anderen Diener nur zu genau, was Mylord von Peter hielt. Es war unnatürlich, daß Mylady derart in das Tier vernarrt war. Auf der anderen Seite würde jeder weitere Versuch, die Katze loszuwerden – davon war Félice überzeugt –, ihre sofortige Entlassung zur Folge haben. Mit geübten Fingern kämmte und zupfte sie Emilys Haare in üppige, gekonnt unordentliche Locken zurecht.

»Félice«, sagte Emily und blickte ihr Spiegelbild ausdruckslos an, »London ist manchmal ein sehr verruchtes Pflaster.«

»Wirklich, Mylady?« fragte die Zofe. »Es ist wie andere englische Orte auch, meine ich.«

»Nein. Ich habe bemerkt, daß die Herren es für ganz selbstverständlich halten ... Mätressen zu haben.«

»Na ja!« Félice rollte mit den Augen. Es war nun einmal so. Sie hatte von Mrs. Haddington gehört. »Das mag sein, Mylady«, sagte sie behutsam, »aber die Gentlemen haben insofern Glück, als eine wohlerzogene englische Lady niemals zugeben würde, daß es solche Kreaturen gibt.«

Emily schaute schnell hoch in die beherrschten Gesichtszüge der Zofe und seufzte. Sogar Félice wußte es also. Wenn sie Peregrine nur glauben könnte – glauben, daß die andere Frau in seinem Leben jetzt für immer daraus verschwunden war. Da war aber diese Rechnung.

Sie stand auf, damit ihr Félice das Ballkleid über den Kopf ziehen und die Bänder zuknüpfen konnte. »Wir müssen uns beeilen, Mylady«, drängte Félice. »Mylord erwartet Sie bereits.«

Emily schaute auf die Uhr. Acht Uhr! Sie hatte gedacht, sie würden frühestens in einer Stunde aufbrechen.

»Es ist noch sehr früh, Félice.«

»Ich glaube, Mylord hat vor, zuvor noch andere Besuche zu machen.«

Emily zog ärgerlich die Stirn in Falten und biß auf die Unterlippe. Das bedeutete, daß der Graf nach dem Vorbild zahlreicher Mitglieder der Gesellschaft beschlossen hatte, je zehn Minuten auf verschiedenen Redouten und Einladungen zu verbringen, bevor sie auf den Ball gingen. Sie hatte gehofft, frisch, ausgeruht und so vorteilhaft wie möglich aussehend bei Lord und Lady Foss einzutreffen. Aber das Gedränge und Gewühl von mehreren Veranstaltungen auf dem Weg dorthin bedeutete, daß sie bereits erregt, nervös und müde ankam. Da sie nicht erriet, daß ihr Mann möglichst vielen Angehörigen der exklusiven Gesellschaft möglichst schnell seine guten Beziehungen zu seiner Frau demonstrieren wollte, ging Emily voller Ärger und Kummer nach unten und war schon bereit, ihm Vorwürfe zu machen.

Aber als sie ihn am Fuß der Treppe im Kerzenlicht, das seine dicken, welligen schwarzen Haare zum Glänzen brachte, warten sah und er sie mit seinem gewinnenden Lächeln anblickte, da begannen Emilys Zweifel dahinzuschmelzen. Der Graf bemerkte, wie ihre Augen aufleuchteten und wie vorteilhaft ihr schönes blondes Haar mit dem Goldton ihres Kleides harmonierte, und er verfluchte sich dafür, daß er sie so lange nicht beachtet hatte.

»Müssen wir viele Besuche machen, Peregrine?« fragte Emily. »Ich hatte gehofft, daß wir direkt auf den Ball gehen, weißt du.«

Der Graf zögerte. Es wäre romantisch, es wäre ganz wundervoll, mit ihr im goldenen Licht der untergehenden Sonne durch die Parks zu fahren und zu beobachten, wie der Londoner Himmel zuerst blaßgrün und dann purpurrot wurde, und die überirdisch schönen Zweige der Apfelbäume, die schwer von Blüten waren, anzuschauen. Auf der anderen Seite mußte er ihr zuliebe den tonangebenden Leuten zeigen, daß er seine eigene Frau und keine andere liebte.

»Es wird uns nicht viel Zeit kosten, ein paar Besuche zu machen«, sagte er und legte ihr dabei den Norfolk-Schal über die Schultern.

London hatte sich gerade von einer Grippeepidemie erholt. Die Krankheit oder die Furcht vor ihr hatte die feinen Leute ans Haus gebunden. Jetzt, an diesem ersten schönen Frühlingsabend, an dem das Schreckgespenst der Krankheit gewichen war, war alles unterwegs, was Rang und Namen hatte. Die erste Redoute war ein Alptraum für Emily, die auf dem Land aufgewachsen war. Was hatte man davon, sich schön anzuziehen, wenn man sich eine schmale Treppe hinaufkämpfen mußte, gedrängt, gestoßen und gezogen wurde, um sich zehn Minuten später wieder nach unten zu kämpfen? Die breiten Schultern und stützenden Arme des Grafen bewahrten Emily vor den schlimmsten Stößen, aber es gab Damen, die schrien und in Ohnmacht fielen, während die Herren fluchten und stießen und die Kutscher draußen handgemein wurden, um den besten Platz für die Kutsche ihres Herrn zu ergattern.

Nach zwei weiteren solcher Besuche blieb selbst dem Grafen nichts anderes übrig, als zu bemerken, daß seine hübsche Frau nervös und erschöpft aussah. Er war an solche Veranstaltungen gewöhnt und an die Begleitung von Cordelia, die, wie die übrigen Mitglieder der Gesellschaft, eine Redoute erst dann als erfolgreich ansah, wenn man in der Menge beinahe totgedrückt wurde. Er lächelte Emily voller Reue an. »Wir gehen jetzt auf den Ball, mein Herz. Es tut mir leid, daß ich dich solchen Anstrengungen ausgesetzt habe.«

Emilys Herz klopfte vor Freude schneller. Die zwei kleinen Wörtchen waren wie eine Liebkosung, und sie lächelte schüchtern zurück.

Es war wundervoll, die Gerüche und das laute Getriebe Londons hinter sich zu lassen, während sie die Mautschranke am Hyde Park passierten und hinaus auf die Straße nach Kensington rollten, die von dem lieblichen Duft der Blumen, die in den Gärtnereien entlang der Straße gezüchtet wurden, erfüllt war.

Die Gärtnereien von Kensington belieferten die Londoner Märkte mit Obst, Blumen und Gemüse, und die einzigen, die sich nicht an dem ehemaligen Grenzbezirk des Hofs freuten, waren die Jäger. Die Berkeley-Hunde jagten bis vor die Kensington-Gärten. Lord Alvanley beklagte sich darüber, daß die Melonen- und Spargel-Frühbeete in den Gärtnereien das Gehen »teuflisch erschweren… bis zu den Knien stehen wir den ganzen Tag im Glas«.

Lord und Lady Foss waren aus der Stadt hinaus nach Kensington gezogen und behaupteten, daß die gesündere Luft Wunder gegen die Melancholie wirke. Sie hatten eine sehr hübsche Villa, nicht weit entfernt von den Brompton-Gärten. Als sie unter dem Dach des Säulenvorbaus vorfuhren und

Emily das Trappeln der Füße und das Streichen der Geigen hörte, hoffte sie, daß nicht ganz so viele Leute da seien wie bei den Redouten in London.

Aber während der Graf ihr aus dem Wagen half, kamen ständig neue Kutschen an, und die Villa schien ihr bereits voller Menschen zu sein. Die tonangebenden Leute, die sich selbst als »die Exklusiven« bezeichneten, taten alles, um unter sich zu bleiben; trotzdem, dachte Emily niedergeschlagen, hat man den Eindruck, als gäbe es in London entsetzlich viele Exklusive und als seien sie alle, wenn nicht schon in der Villa, so doch zumindest im Anmarsch.

Als sie in ein Vorzimmer ging, um ihre Stola abzulegen und ihr zerzaustes Haar in Ordnung zu bringen, wünschte sie, sie hätte Félice mitgenommen. Félice mit ihren scharfen Augen und spitzen Ellbogen hätte schnell Platz vor dem Spiegel für Mylady geschaffen. Aber ohne ihre Hilfe mußte sich Emily allein gegen kampfgewohnte Arme, die sie recht grob zur Seite drängten, durchsetzen.

Obgleich sie sich vor Ärger erhitzt und ungepflegt fühlte, gab sie sich mit ihrem Aussehen nicht viel Mühe, da sie sich auf die Zehenspitzen stellen und den Hals recken mußte, um sich im Spiegel zu sehen.

Der Graf schien nicht zu merken, daß sowohl ihre gute Laune als auch ihr Äußeres gelitten hatten, als er sie in den Ballsaal führte. Kaum hatte Emily vor der Gastgeberin und dem Gastgeber ihren Knicks gemacht, kam auch schon ein junger Mann auf sie zu und bat um die Ehre eines Tanzes. Der Graf hatte sich bereits halb zu einem anderen Gast gewandt, um sich mit ihm zu unterhalten. Deshalb ließ sich Emily auf die Tanzfläche führen. Es war ein lebhafter Countrytanz, der mindestens eine halbe Stunde dauerte. Als er vorbei war, promenierte sie mit ihrem Partner auf und ab. Von ihrem Mann war nichts zu sehen. Dann wurde sie von einem Kreis von Bewunderern umringt, die um den nächsten Tanz baten. Emily war sehr erfolgreich. Sie wurde zur schönsten Frau des Abends erklärt. Aber der Erfolg bedeutete ihr nicht das geringste. Sie verstand nur, daß sie alle diese lästigen Männer mit ihren aufdringlichen Artigkeiten daran hinderten, mit ihrem Ehemann zusammenzusein.

Der Graf hatte sich in das Kartenzimmer begeben, als er sah, wie erfolgreich sie war. Er war sehr stolz auf sie, und obwohl es weh tat, sie mit anderen Männern tanzen zu sehen, war er der Ansicht, daß jede Lady sich nichts Schöneres denken könne, als der Star des Abends zu sein. Er hatte auch das Gefühl, daß er sie in gewisser Weise für seine bisherige Vernachlässigung entschädigte, wenn er sie eine Weile der Freude an ihrem Erfolg überließ. Dabei merkte er gar nicht, daß für Emily sein Verhalten nur eine weitere Steigerung eben dieser Vernachlässigung bedeutete.

Ihr Lächeln wurde immer starrer. Ihre scharfen Ohren schnappten alle möglichen Gesprächsfetzen auf, die sie so überempfindlich machten, daß sie sich allmählich fragte, ob sie vielleicht Stimmen hörte, die gar nicht vorhanden waren. »Die Gräfin Devenham sieht gut aus«, sagte eine schrille Stimme, die durch die moschusgeschwängerte Luft zu ihr herüberdrang. »Es ist ein Jammer, wenn man sich vorstellt...« In diesem Moment wurde die Musik lauter, und der Rest des Satzes ging darin unter.

Was ist ein Jammer? dachte Emily. Daß er mir untreu ist?

Plötzlich tauchte ihr Mann auf, um den nächsten Tanz von ihr zu erbitten. Wenn es doch nur ein Walzer gewesen wäre! Aber es war ein lebhafter schottischer Volkstanz, der keine Möglichkeit zur Unterhaltung bot.

Hier bin ich, dachte Emily, und sehne mich geradezu übertrieben nach der Chance, mit meinem eigenen Mann zu sprechen. Und über und unter dem munteren Fiedeln der Geigen hörte sie die Leute reden. »Man sagt, daß Devenham...« – »Sieht gut aus heute abend...« – »Das erste Mal, als ich sie sah...« – »Er nimmt sie nie mit, und man weiß natürlich, warum...«

Als sie endlich am Arm ihres Mannes auf und ab spazierte, war Emily zu verstört, um noch ein Wort zu äußern. Der

Graf musterte besorgt ihr ängstliches Gesicht, und dann fiel sein Blick auf die Terrassentüren am Ende des Ballsaals, die in die ruhige Nacht hinausführten. Er wollte gerade vorschlagen, einen Bummel durch den Garten zu machen, als Lord Brockenham, fett und fröhlich, auf sie zugestürzt kam, um Emilys Hand für den Walzer zu erbitten. Der Graf verbeugte sich elegant und zog sich zurück.

Lord Brockenham war in Hochstimmung. Er hatte eine zärtliche Zuneigung zu Emily gefaßt und war froh, daß er sie in so offensichtlich gutem Einvernehmen mit ihrem Gatten antraf, denn Lord Brockenham machte sich ein Vergnügen daraus, sich hoffnungslosen Leidenschaften hinzugeben. Hatte Emily die Vase gefallen, die er ihr geschickt hatte? Emily senkte den Kopf und murmelte, sie sei wunderschön gewesen, aber leider sei sie hinuntergefallen und zerbrochen. Lord Brockenham schwor in heiterster Laune, er werde ihr eine neue töpfern.

Er brannte darauf, seiner Angebeteten den neuesten Londoner Klatsch zu Füßen zu legen, und schwatzte munter weiter. Hatte Lady Devenham je gehört, was man sich über die Ehe des Herzogs von Wellington zuflüsterte? Ohne eine Antwort abzuwarten, fuhr Lord Brockenham fort zu erzählen, daß der Eiserne Herzog einen großen Schock bekommen habe, als er Kitty Packenham sah, die Lady, die seine Herzogin werden sollte. Als sie seinen Heiratsantrag 1793 zurückgewiesen hatte, war sie die hübsche Kitty gewesen, aber ihr Aussehen im Jahr 1806, als er sie schließlich heiratete, stand auf einem anderen Blatt. »Großer Gott, ist die häßlich geworden«, habe der Herzog seinem geistlichen Bruder Gerald, der die beiden trauen sollte, ins Ohr geflüstert. »Soviel zu diesen lieblichen jungen Reizen«, lachte Lord Brockenham. »So lieblich sind sie letzten Endes gar nicht.«

»Es muß wirklich ein sehr großer Schock für ihn gewesen sein«, sagte Emily höflich, sie hatte die ganze Zeit an ihren Mann gedacht. »Er muß sie sehr geliebt haben, wenn er so lange auf sie gewartet hat.«

»Er hat sie nicht geliebt«, erwiderte Lord Brockenham. »Man überredete ihn dazu. Die Leute sagten, sie habe auf ihn gewartet, und deshalb fühlte er sich verpflichtet, sie zu heiraten.«

Waren das die Gefühle, die Peregrine Mary gegenüber gehegt hatte? fragte sich Emily. Aber sein Begrüßungskuß, der für Mary gedacht gewesen war, war nicht der eines empfindungslosen Mannes gewesen, der seit langer Zeit nicht mehr liebte. O Gott! Vielleicht liebte er Mary immer noch. Vielleicht hatte er gar keine Mätresse gehabt. Vielleicht war diese Schattenfrau, die sie in seinem Leben gespürt hatte, seine Sehnsucht nach Mary. Und so drehten sich ihre Gedanken unaufhörlich im Kreis, und sie wurde immer unsicherer und nervöser.

Als der Graf endlich kam, um sie abzuholen und einen Spaziergang im Garten vorzuschlagen, fauchte ihn Emily, den Tränen nahe, an, daß sie hungrig sei, den ganzen Tag so gut wie nichts gegessen habe, und ob er vorhabe, sie verhungern zu lassen? Als der Graf in ihre wütenden, bekümmerten Augen schaute, wurde er selbst ganz traurig und niedergeschlagen. Es war alles hoffnungslos. Was sollte er tun, damit Emily sich in ihn verliebte? Er führte sie zum Supper und behandelte sie mit zurückhaltender Höflichkeit.

Emily dachte, er würde ihr Leid bestimmt bemerken und sie zumindest fragen, was ihr fehlte. Sie wußte nicht, daß sie lediglich schlechtgelaunt aussah, weil ein junges, schönes Gesicht wirklich Tragisches noch nicht widerspiegeln kann. Nebenan im Ballsaal begann die Kapelle, wie um sie zu verhöhnen, das schöne Lied zu spielen, das Thomas Moore zur Feier der Hochzeit des Herzogs von Wellington mit seiner Kitty geschrieben hatte. »Glaub mir, wenn all diese lieblichen jungen Reize…«, hämmerte es ihr gegen die Schläfen.

Auch der Graf fühlte sich so abgrundtief elend, daß er dachte, Emily könnte ihn wenigstens fragen, was los sei. Aber Emily fand, daß er einfach mürrisch und gelangweilt aussah.

Als sie auf dem Heimweg in ihrer Kutsche saßen, hatten

beide mittlerweile jeden Versuch, sich zu unterhalten, aufgegeben. Der Graf überlegte, daß es ein trostloser Zustand sei, wenn ein Mann in ein leeres Bett zurückkehrt, während seine junge Frau mit der Katze schläft.

Aber als sie dann bei ihrem Stadthaus angekommen waren, war er wieder von etwas Zuversicht erfüllt. Emily sah so schön aus, so zerbrechlich im schwankenden Licht der Kutschenlampe. Er würde sie in die Arme nehmen und küssen. Wenn sie ihm eine Abfuhr erteilte, wäre es endgültig aus. Aber er konnte es wenigstens noch einmal versuchen.

Es traf ihn wie eine Kaltwasserdusche, daß die Ansteys auf sie warteten. Der Graf machte eine steife Verbeugung und bat darum, sich entschuldigen zu dürfen. Er murmelte etwas der Art, daß er sich lieber zu einer passenderen Zeit mit ihnen unterhalten würde, und begab sich nach oben in sein Bett. Er überließ es Emily, ihnen allein gegenüberzutreten.

Die Ansteys nahmen an, daß Emily den ganzen Klatsch über Cordelia Haddington kannte. Deshalb fand sich die völlig verwirrte Emily umarmt und geküßt und bemitleidet, während ihr all die schmerzhaften, boshaften Gerüchte über Cordelia in den Ohren gellten.

Sie hob die zarte Hand, wie um das Geschrei abzuwehren. »Genug!« sagte Mary, die sah, wie weiß und betroffen ihre Schwester aussah, zu Mr. und Mrs. Anstey. »Ich habe das Gefühl, wir haben etwas Furchtbares angerichtet. Die arme Emily wußte überhaupt nichts davon.«

Emily konnte nur stumm nicken.

Dann fiel ihr ein, daß der Earl gesagt hatte: »Es gibt keine andere Frau in meinem Leben... Jetzt nicht mehr, Emily«, und sie nahm sich ein Herz, sah Mary stolz an und sagte: »Ich kannte den Namen der Lady nicht. Aber Peregrine hat mir erzählt, daß da... jemand... war, daß es jedoch jetzt aus ist.«

Es herrschte beklommenes Schweigen. Dann begann Mrs. Anstey zu weinen – es war ein herzzerreißendes, unterdrücktes Schluchzen. »Sag es ihr«, klagte sie.

»Sag mir was?« verlangte Emily zu wissen, so starr wie ein Soldat bei der Parade.

Mr. Anstey seufzte gequält. »Man hat Cordelia Haddington erst gestern früh im Park in seiner Kutsche gesehen.«

Es war wahr. Cordelia hatte sich geradezu vor die Kutsche des Grafen geworfen, und er hatte sie ein kurzes Stück mitgenommen und vor ihrem Haus abgesetzt.

»Ich glaube es nicht«, flüsterte Emily. Aber man mußte nur überlegen, wie bereit sie noch vor ganz kurzer Zeit gewesen war, zu glauben, daß Peregrine Mary noch immer liebte.

»Ich fürchte, es ist wahr«, sagte Mr. Anstey. Er fuhr fort zu erklären, wie sie all die Gerüchte über Graf Devenham und Emily in Malden Grand erfahren hatten und daraufhin in die Hauptstadt gekommen waren, aber erst die Nachrichten ihrer Kundschafter abgewartet hatten, bevor sie Emily aufsuchten. »Denn das mußt du dir klarmachen«, sagte Mr. Anstey, »wir waren nicht bereit, den ersten Klatsch und Tratsch aus der Hauptstadt zu glauben. Wir wollten selbst herausfinden, was daran war.«

Überzeugt davon, daß er recht hatte, seufzte Emily müde und legte die Hand an die Brust.

»Wartet hier auf mich«, sagte sie mit tonloser Stimme. »Ich fahre gleich mit euch nach Hause.«

Als sie in ihrem Zimmer war, klingelte sie nach Félice und befahl der Zofe barsch zu packen. »Du darfst Mylord nicht sagen, daß ich gehe«, warnte Emily, und ihre Miene war dabei so unerbittlich, daß Félice beschloß, es sei das Beste zu gehorchen. Sie wußte, daß ihre Herrin ihr nie ganz verziehen hatte, daß sie das Kätzchen damals aus dem Fenster des Gasthofs geworfen hatte. Der Kater Peter gähnte und streckte sich und begann protestierend zu jaulen, als die Hutschachtel mit den Luftlöchern herbeigeholt wurde.

Ausnahmsweise schenkte Emily seinen kummervollen Bitten kein Gehör. Er wurde grob hineingestopft und der Deckel fest geschlossen. Eine Weile schlug und kratzte der große Kater, und er schaffte es sogar, die Hutschachtel auf die Seite zu rollen, aber die neue, hartherzige Emily stellte die Hutschachtel nur wieder auf und befahl ihm kurzangebunden, sich ruhig zu verhalten. Peters Gefühle waren tief verletzt. Er lag in der Dunkelheit seiner Hutschachtel da und schmollte.

Als man schließlich fertig gepackt hatte, wurde es Félice klar, daß ihre Herrin von ihr erwartete, daß sie die Koffer ohne auch nur die Hilfe eines Lakaien die Treppe hinuntertrug, denn Emily wollte ihren Mann auf keinen Fall wecken. Emily spürte, daß sie es nicht ertragen könnte, ihn noch einmal zu sehen. Félice und Emily schafften es schließlich, das ganze Gepäck in die Halle zu schaffen, und die Diener der Ansteys trugen es in den Wagen hinaus.

»Hast du ihm eine Nachricht hinterlassen?« fragte Mary, als die Kutsche davonrollte.

»Warum? Ich habe ihm doch nichts zu sagen«, sagte Emily und wandte das Gesicht ab, um die dicke Träne, die ihr die Wange herabrollte, zu verbergen.

Zehntes Kapitel

Es war für Emily kein Trost, daß der Regen, der keinen Unterschied zwischen hoch und niedrig machte und Malden Grand langsam in einen Morast verwandelte, vermutlich auch die Londoner Saison verdarb.

Zu Marys Kummer wollte Emily nicht über ihre Ehe sprechen. Sie bat Mr. Anstey lediglich, sich an seine Anwälte zu wenden, um die Ehe für ungültig erklären zu lassen. Sie hatte nicht in London bleiben wollen, obwohl ihre Eltern versicherten, daß der Graf die Adresse am Russell Square nicht kannte. Sie befürchtete nicht, daß er sie aufsuchen würde, aber sie hatte große Angst vor einer zufälligen Begegnung und dem Schmerz, den sie dann erleiden würde.

Es war weit besser, zwischen den ungemütlichen Möbeln in »The Elms« zu sitzen, dem unaufhörlichen Plätschern des Regens zu lauschen, Handarbeiten zu machen, zu lesen und mit dem schmollenden Kater zu reden, der es ihr immer noch nicht ganz verziehen hatte, daß sie ihn in die Hutschachtel gestopft hatte.

Nach außen hin unterschied sich ihr Leben gar nicht so sehr von dem vor ihrer Hochzeit. Oft fragte sich Emily, wie sie es je geschafft hatte, die Eintönigkeit der langen Tage zu überstehen. Am schwersten zu ertragen war für sie die Erkenntnis, daß sie ihren Mann liebte. Daß sie ihn gleichzeitig haßte und das Gefühl hatte, er habe sie schändlich behandelt, tat dieser Liebe keinen Abbruch. Im Gegensatz zu der strahlenden Liebe, die Mary für ihren Pfarrer empfand, war Emilys Liebe ein trauriges, sehnsuchtsvolles Verlangen, das die Tage zur Last und die Nächte zur Folter machte.

Die Ansteys wurden gesellschaftlich wieder geschnitten.

Keiner wollte glauben, daß es Emily war, die ihren Gatten verlassen hatte, denn man verließ doch ganz bestimmt keinen reichen Grafen. Nein, es mußte umgekehrt sein. Graf Devenham hatte es nicht ertragen können, unter seinem Stand geheiratet zu haben. Das war die Geschichte, die Lord und Lady Harrison verbreiteten, und sie erzählten sie so oft, daß sie sie allmählich selbst glaubten.

Peter, der Kater, fühlte sich vernachlässigt. Sein Frauchen war stumm und bedrückt und streichelte ihn nur geistesabwesend. Er haßte den Regen. Und er haßte die Lieblosigkeit der Diener und die unangenehm riechenden neuen Einrichtungsgegenstände in »The Elms«.

Da hörte eines Tages der Regen auf, und die Sonne schien warm und golden herab. Der Nebel stieg aus den sumpfig gewordenen Wiesen, die im Laufe des Tages abgebrannt werden sollten. Die Seen verkleinerten sich zu Pfützen, und die Pfützen verschwanden und hinterließen die Natur frisch gewaschen und heiter unter den warmen Strahlen der Sonne.

Peter wartete den rechten Augenblick ab. Er durfte nicht hinaus. Emily hatte das Gefühl, sie hatte schon zuviel Zeit damit verbracht, den Kater zu suchen. Der Kater hatte gelernt, sein Geschäft in einer Kiste mit Kieselsteinchen zu erledigen. Für Emily bedeuteten die warmen Tage neue Marterqualen. Ihr Verlangen und ihre Sehnsucht wurden immer größer, als ein goldener Tag auf den anderen folgte. Schließlich konnte sie ihr selbstgewähltes Gefängnis nicht mehr ertragen und setzte sich mit ihrem Buch in den Schatten einer großen Eiche im Garten. Luftige weiße Wolken zogen über den blauen Himmel wie Galeonen mit vollen Segeln, und geschäftige Vögel pickten im Rasen nach Würmern. Die Terrassentüren zum Salon standen weit offen.

Peter streckte vorsichtig den Kopf aus einer der Türen. Die Luft roch frisch und mild. Er sah Emily, die mit ihrem blonden Kopf über das Buch gebeugt dasaß. Da kroch er auf dem Bauch leise wie ein Schatten über den Rasen. Er gelangte bis zu einem Spalt in der Hecke, zögerte, wandte den Kopf und schaute zu seinem Frauchen zurück. Als ob sie den Blick des Katers spürte, ließ Emily ihr Buch sinken und schaute auf. Peter sprang durch den Spalt und rannte die Straße hinunter.

Emily zog die Stirn in Falten. War das der Kater gewesen, der davonlief? Sie nahm ihr Buch wieder zur Hand, mußte aber feststellen, daß die Wörter vor ihren Augen verschwammen und wegglitten. Mit einem leisen Seufzer stand sie auf und machte sich daran, nach dem Kater zu suchen.

Peter spielte den ganzen Tag – er jagte Vögel und Wühl- und Feldmäuse. Am späten Nachmittag war er müde von all der ungewohnten Bewegung und überlegte, ob er nach Hause gehen und fressen oder sich hinlegen und schlafen sollte. Über den Axe, der am Dorf entlangfloß, führte eine Brücke. Der Fluß hatte Hochwasser und rauschte und stürzte über die Steine, bis er sich unterhalb der Brücke staute. Peter sprang auf das Brückengeländer. Der alte Stein fühlte sich warm unter seinen Pfoten an. Er streckte sich in voller Länge aus und schlief auf der Stelle ein.

Sein Erwachen war grausam und erschreckend. Er spürte, wie er grob gepackt wurde, und schaute in die Gesichter einiger Dorfjungen, die ihn umstanden. »Wir wollen ihn aufhängen«, sagte einer und zog eine Schnur heraus. Dieser Vorschlag wurde jubelnd aufgenommen, während die Augen der Jungen auf der Suche nach einem geeigneten Baum umherstreiften.

Wahnsinnig vor Angst biß und kratzte Peter und bäumte sich auf. Dann traf seinen Fänger ein böser Hieb auf die Wange. Der Junge ließ ihn fallen, und mit angstvollem Jaulen sprang der Kater über das Brückengeländer und fiel wie ein Stein ins Wasser.

Er kam wieder an die Oberfläche, seine grünen Augen traten ihm vor Angst beinahe aus dem Kopf, und er schwamm auf das Ufer zu. Über ihm rief eine höhnische Stimme: »Wir wollen die Katze steinigen. Wir wollen sie zu Tode steinigen!«

Emily sank wieder in ihren Sessel im Garten. Sie war bedrückt und niedergeschlagen. Es schien, daß sie nichts, was sie liebte, halten konnte, weder ihren Mann noch ihren Kater. Sie hatte gesucht und gesucht, aber von Peter war nicht das kleinste Zeichen zu sehen gewesen.

Da begann sie endlich zu weinen. Sie hatte seit der einen Träne, die sie in der Kutsche vergossen hatte, nicht mehr geweint. Jetzt schluchzte und schluchzte sie, als ob ihr das Herz brechen wollte. Es gelang ihr nicht, an die Arroganz ihres Mannes oder seine Untreue zu denken, sie konnte sich nur an sein zauberhaftes Lächeln und an seinen starken Körper erinnern.

Plötzlich hörte sie eine Kutsche auf der Straße. Mary und ihre Eltern waren zum Einkaufen in die Nachbarschaft gefahren, und Emily hatte das Gefühl, daß sie jetzt keine Besucher empfangen konnte. Sie wollte sich in ihrem Zimmer verbergen, und wenn Parsons, der Butler, kam, um sie zu holen, würde sie ihm auftragen zu sagen, sie sei nicht zu Hause.

In der kühlen, halbdunklen Stille ihres Schlafzimmers, in dem die Jalousien geschlossen waren, damit die Sonne nicht den Teppich ausbleichte, wusch sie sich die Tränen ab und zog sich um. Sie steckte gerade ihre Locken zu einem Knoten zusammen, als Parsons an der Tür klopfte.

»Es ist mir gleichgültig, wer es ist, Parsons«, rief Emily. »Sagen Sie, daß ich nicht zu Hause bin.«

Es herrschte kurzes Schweigen, dann kam Parsons' Stimme gedämpft durch die Tür: »Es ist Seine Lordschaft, Mylady.«

Emily stand ganz still.

»Ihr Gatte, Mylady«, sagte Parsons mit lauterer Stimme.

Emily holte tief Atem. Er war also doch gekommen. Vielleicht war er nur gekommen, um die Scheidung in die Wege zu leiten. Aber sie würde sich noch eine letzte Chance einräumen. Eine so große Liebe konnte einfach nicht unerwidert bleiben. Sie rief: »Ich werde sofort bei Seiner Lordschaft sein«, und mit zitternden Händen begann sie, ein wenig Rouge auf ihre bleichen Wangen aufzutragen.

Graf Devenham stand, die Augen auf die Treppe gerichtet, in der Halle. Er war gekommen, um ihr gehörig seine Meinung zu sagen und ihr mitzuteilen, daß er genug von ihr und ihrer Familie habe. Es war der Höhepunkt der Demütigungen gewesen, als er feststellen mußte, daß sie heimlich wie ein Dieb bei Nacht aus seinem Haus geschlichen war.

Parsons erschien neben ihm und sagte, daß Gebäck und Wein im Salon bereitständen, aber der Graf fauchte ihn an: »Ich will hier warten. Lassen Sie mich in Frieden.«

In der Halle war es ruhig und dämmerig, es roch nach Lack und Farbe. Der Graf hörte einen leichten Schritt auf den Stufen und blickte auf. Emily stand auf dem ersten Treppenabsatz und schaute auf ihn herunter. Sie war schmaler geworden. Ihr Kleid war aus einfachem weißem Musselin, und ihre goldenen Locken waren auf dem Kopf zusammengesteckt. Auf ihren weißen Wangen brannten zwei rote Rougeflecken.

Graf Devenham dachte in diesem Augenblick, daß er nie zuvor etwas so Schönes gesehen hatte. Sein Stolz fiel von ihm ab, und er streckte die Arme aus.

Emily kam langsam die Stufen herunter auf ihn zu, und in ihren Augen glimmte ein Hoffnungsschimmer auf. Seine Arme schlossen sich um sie, und er drückte sie fest an sich. »Emily« war alles, was er sagte, aber er sagte es mit diesem seltsam heiseren, verführerischen Ton in der Stimme, und sie bot ihm ihre Lippen dar.

»Mylady!« schrie eine kindliche Stimme hinter ihnen.

Der Graf ließ Emily los und drehte sich um. Seine Augen glühten vor Zorn. Der kleine Messerputzer der Ansteys stand da – aus einer Schnittwunde auf der Stirn lief ihm das Blut, und seine Jacke war staubig und zerrissen.

»Was, zum Teufel, soll diese Aufdringlichkeit bedeuten?« tobte der Graf.

»Es geht um den Kater!« jammerte der Junge und starrte dabei Emily an, während er den Grafen ignorierte. »Er ist im Fluß, und die Jungen werfen Steine auf ihn. Ich habe versucht, sie abzuhalten, aber sie haben mich geschlagen und gestoßen...«

Und damit sank der völlig überdrehte Messerputzer auf den Boden und weinte und weinte.

Der Graf warf einen Blick auf Emilys erregtes Gesicht und zog den Jungen grob hoch. »Mein lieber Junge«, sagte er. »Du hast dich bis jetzt wie ein mutiger junger Mann benommen, und ich will, daß du noch ein bißchen durchhältst. Führ uns zu der Stelle, wo du den Kater gesehen hast.«

Der Junge rieb sich die tränennassen Augen mit dem Ärmel trocken, nickte unbeholfen und stolperte vorwärts, während ihm Emily und der Graf dicht auf den Fersen folgten.

Peter, der Kater, kämpfte müde im Wasser. Seine Augen begannen sich schon zu verschleiern, und er spürte, daß das letzte seiner sieben Leben sich davonmachte. Vom Ufer hörte er viel Geschrei und Aufregung, mehr als zuvor. Er merkte, wie er im Genick gepackt wurde, und bereitete sich darauf vor zu sterben.

Graf Devenham, der zwei der Bandenanführer mit den Köpfen aneinandergeschlagen hatte, war ins Wasser gesprungen. Er schwamm ans Ufer, kletterte heraus und legte den Kater auf die Böschung. »Ist er tot?« flüsterte Emily, als habe sie Angst, den letzten Lebenshauch aus dem Kater zu verscheuchen, wenn sie ihre Stimme erheben würde.

Der Graf war drauf und dran zu sagen: »Ich hoffe es«, aber er sagte dann doch: »Wenn wir Glück haben, gelingt es mir, das Wasser aus dem Vieh herauszubringen.« Er schüttelte die Pfoten der Katze und massierte ihren Bauch, bis das Wasser in einer Fontäne aus dem Maul schoß. Emily beobachtete ihn dabei. Die Sonne schien durch die Bäume auf sein dickes schwarzes Haar. Sein feines Batisthemd klebte an seinem Oberkörper. Sie fühlte sich schwindlig vor Liebe.

Die Brust des Katers begann sich zu heben und zu senken, und als der Graf mit dem Finger über das Fell strich, fühlte er ein schwaches Schnurren.

»Er wird leben«, sagte er. Emily wollte in seine Arme eilen, ließ es aber bleiben aus Angst, sie könnte den Kater zerquetschen. Der Graf sah das Tier in seinen Armen mißbilligend an und begann dann, die Felsen am Straßenrand hochzuklettern. Emily ging hinter ihm hinauf, während der kleine Messerputzer, der sich wieder völlig erholt hatte, zum Haus zurückraste, um der erste zu sein, der die Nachricht überbrachte, daß Mylord die Bandenführer des Dorfs vernichtend geschlagen hatte.

Der Graf schwieg auf dem ganzen Weg nach Hause. »Wo legen wir das Vieh hin?« fragte er barsch. »In dein Zimmer vermutlich?«

Emily nickte unglücklich. Er hatte in diesem einen wundervollen Augenblick, als er die Arme ausgebreitet hatte, ausgesehen, als liebte er sie. Jetzt war der Kater wieder zwischen sie gekommen. Besser ein Kater als eine Mätresse, dachte Emily mit plötzlich aufsteigender Wut.

Die Hausmädchen kamen mit gewärmten Handtüchern gerannt. Peter wurde liebevoll trockengerubbelt und in sein Schlafkörbchen in Emilys Zimmer gelegt. Er fühlte sich warm und trocken und vollkommen erschöpft. Er schnurrte schläfrig und schloß die Augen.

Die Diener gingen hinaus und ließen Emily allein mit ihrem Mann im Schlafzimmer.

Emily schaute ihn vorsichtig an; ihre Augen waren wachsam und mißtrauisch. Das Schweigen zwischen ihnen zog sich in die Länge. Draußen wurde es langsam dunkel, und das Zimmer war voller Schatten.

»Warum bist du gekommen?« fragte sie schwach.

Er zuckte die Achseln. Sie wartete darauf, daß er sagen würde, er sei gekommen, um die Scheidung in die Wege zu leiten, denn er wolle Cordelia Haddington heiraten.

Er sagte: »Weil ich dich von ganzem Herzen liebe. Und das muß ich dir auch dann sagen, wenn du mich nicht willst. Ich muß dir einfach die Wahrheit sagen.«

»Aber was ist mit dieser... dieser Frau?« fragte Emily.

»Cordelia? Ich habe dir doch gesagt, daß es aus ist.«

»Aber an dem Tag, bevor ich aus London wegfuhr, hat man dich noch mit ihr in deiner Kutsche gesehen.«

»Sie ist mir praktisch vor die Räder der Kutsche gesprungen, um mich aufzuhalten. Ich habe sie nach Hause gebracht. Das war alles.«

»Aber was war das für eine Rechnung, die dir Madame Dupont gegeben hat? Du hast so peinlich berührt ausgesehen und sie ganz schnell in die Tasche gesteckt, als ich hereinkam.«

»Meine Liebe, ich gestehe, daß es eine alte Rechnung von Cordelia war. Ich wollte so verzweifelt, daß du mich liebst. Ich dachte, es sei der falsche Zeitpunkt für eine Erklärung.«

»Ich habe gedacht, du liebst sie.«

»Hast du mich deshalb verlassen?«

Emily nickte.

Er stützte sich mit einem Knie auf das Bett, das zwischen ihnen stand. »Komm her zu mir«, sagte er heiser.

Emily stolperte über das Bett und warf sich ihm in die Arme. »Du bist ja ganz naß!« lachte sie, als sie sein Hemd spürte.

»Dann zieh mich aus.«

»Ich kann nicht, Peregrine. Ich fürchte mich. Das war immer das Problem. Ich fürchte mich so. Ich habe keine Erfahrung. Ich...«

Seine Lippen schlossen ihren Mund, und seine Hände beruhigten ihren zitternden Körper. Er öffnete ihre Lippen und flüsterte so lange Worte der Liebe, bis er fühlte, daß sich ihre kleinen Hände auf die natürlichste Weise der Welt an seinen Hemdknöpfen zu schaffen machten.

Emily konnte sich später nicht mehr erinnern, wie sie sich ihrer Kleider entledigt hatten. Es war fast so, als hätte die Leidenschaft sie dahinschmelzen lassen. Als sie schließlich nackt in seinen Armen lag, wurde sie noch einmal von Angst gepackt, aber da ergriff sie eine heiße Welle des Verlangens und trug sie über alle Ängste und Hemmungen hinweg.

Eine Stunde später erwachte der Graf. Er fühlte sich großartig. Er hatte das Gefühl, daß er die ganze Welt in seinen Armen hielt. Jemand – Mary? – sang draußen im Garten. »Glaub mir, wenn all diese lieblichen jungen Reize…«, sang sie mit fröhlicher Stimme.

Graf Devenham war schrecklich hungrig. Er wollte gerade seine geliebte Frau wecken, als er spürte, wie sich etwas an seinem nackten Rücken bewegte. Er zündete das Binsenlicht auf Emilys Seite des Bettes an, indem er sich über die schlafende Gestalt beugte. Dann drehte er sich langsam um.

Der Kater lag genüßlich ausgestreckt auf der anderen Seite und schnurrte aus Leibeskräften. Er stieß mit dem Kopf gegen den Arm des Grafen.

»Nein«, sagte dieser sanft. »Du gehst jetzt auf der Stelle aus dem Bett.«

Und Peter ging.